내가 가장 예뻤을 때

지은이 **신이현**

1964년 경북 청도에서 태어났으며, 계명대학교 불문학과를 졸업하였다. 1994년 장편소설 『숨어 있기 좋은 방』으로 문단에 데뷔했다. 장편소설 『갈매기 호텔』 『잠자는 숲속의 남자』와 에세이 『알자스』 『에펠탑 없는 파리』, 번역서 『에디트 피아프』 『야간 비행』 등이 있다.

내가 가장 예뻤을 때

초판 1쇄 발행일 1999년 6월 21일 | 개정판 1쇄 발행일 2011년 10월 10일

지은이 신이현 | 펴낸이 박진숙 | 펴낸곳 작가정신
주소 121-250 서울시 마포구 성산동 49-9 신한빌딩 5층
전화 (02)335-2854 | 팩스 (02)335-2855 | 이메일 editor@jakka.co.kr
홈페이지 www.jakka.co.kr | 출판등록 1987년 11월 14일 제1-537호

ISBN 978-89-7288-406-4 04810
　　　978-89-7288-397-5 (세트)

내가 가장 예뻤을 때

신이현

작가정신

작가의 말

  나라가 전쟁, 기근, 경제공황과 같은 어려움에 처했을 때 일방적인 희생을 당하는 세대는 노인, 청소년, 유아 들이다. 이 세대의 대부분은 환란의 원인을 제공하지도 않으며 해결의 주체가 아니기 십상이다. 특히 청소년은 인생의 가장 아름다운 시기를 마주하고 있어서 그들을 애처롭게 바라보도록 한다.

  97년 12월의 국제구제금융 요청 이후 우리 사회엔 '반성에 이어오는 국가의 재활' '물질 대신 정신의 가치 구현' 등의 담론이 무성했다. 하지만 이런 턱없이 희망적이고 형이상학적인 논의는, 아무런 수식도 하지 않은 채 단순히 '우리나라가 망했다'라고 말하는 청소년의 눈에는 위선적인 것이다.
 이 소설은 청소년들이 오늘의 상황을 어떻게 통과하고 느끼는가에 대한 이야기다.

신이현

차례

작가의 말
05

내가 가장 예뻤을 때
09

작품 해설
113

눈을 뜨면 가장 먼저 나의 보더를 생각한다. 그는 날개도 없이 날아오른다. 꽃씨처럼 가볍게. 그러나 바닥에 내릴 때면 힘센 말발굽 소리가 난다. 나는 그의 발 아래서 굴러가는 보드 바퀴 소리가 세상에서 최고 듣기 좋다. 그리고 나는 또 좋아한다. 플라스틱 물병이 든 그의 배낭과 물을 마실 때 젖혀진 목줄기를 타고 내리는 땀방울을. 그렇게 굵직하고 싱싱한 땀방울은 처음 보았다. 그래서 오늘 나는 그를 위해 순결서약을 했다. 반에서 모두 스물한 명이 했다.

"진짜 좋으면 할 수도 있지, 뭘."

"그러다 임신하면?"

"책임지겠다는 각서 쓰고 해야 돼."

"그래서 어디 분위기가 되겠니?"

"아무리 그래도 난 예쁜 침대에서 남편이랑 할 테야."

교문을 나서며 아이들은 오늘 있었던 서약운동에 대해서 재잘댔다. 독실한 기독교 신자인 교장 선생님은 왜 이 운동에 동참해야 하는지에 대해 긴 방송연설을 했다. 순결서약과 함께 우리들의 영적 부도를 막고 청소년 범죄도 예방하게 될 것이라고 했다. 우리의 육체를 순결하게 지킬 때 모든 죄악이 이 땅을 떠날 것이라고 쉰 목소리로 연설을 마쳤을 때 여러 아이들이 감동받았다.

"요새 남자애들은 그냥 트럭 뒤에 같은 데 가서 그냥 해버려."

"여자는 사랑해야 하지만 남자는 영웅심으로 해."

"유치한 짐승들."

버스정류소 앞에서도 이야기는 계속되었다. 승희는 무관심한 얼굴로 한마디도 하지 않았다. 당연히 승희는 서약하지 않았다. 그녀는 100명도 넘는 남자들과 잠을 자본 적이 있다고 말했다. 새로운 남자를 알 때마다 그 남자가 알고 있는 모든 것을 전수받으니까 어렵게 학교 공부할 필요가 없다는 것이 승희의 주장이었다. 그 남자들한테 무엇을 배우는지 승희의 학교 성적은 반에서 꼴찌 다음이었다. 그래서 나는 승희와 짝이 되었다.

담임은 1학년 마지막 모의고사 성적으로 자리 배정을 했다. 1등은 꼴찌와 2등은 꼴찌 다음과 3등은 꼴찌에서 세 번째와, 이런 식이었다. 나는 반에서 2등이었고 승희는 꼴찌 다음이었다. 서로 모자라는 것을 배우라는 취지라고 했다. 과연 승희에게는 배울 것이 많았다. 학교에서 배울 수 없는 것을 가르쳐줬다.

"그럴듯하지만 이건 일종의 사기야. 더 중요한 건 성생활에 대해서 제대로 배우는 것이야. 순결만 가르쳤다가는 나중에 처리능력이라곤 하나도 없는 바보가 될 거야. 화장실에서 애 낳아 죽일 일만 생기는 거야. 섹스도 할 줄 모른다고 남편한테 버림받을 것도 뻔해. 나

같으면 콘돔 끼우기 서약운동을 벌이겠다. 그러면 이 세상이 얼마나 평화롭겠니."

 승희가 하는 지론들에 대체로 동의했지만 이번에는 싫었다. 승희 말이 맞을지 모르겠지만 나는 절대로 그렇게 하고 싶지 않았다. 그러나 어떻게 반론을 제기해야 할지 알 수가 없었다. 까다로운 논술시험 문제와 같았다. 오늘은 승희가 몹시 귀찮게 여겨졌다. 왜냐면 나는 순결서약을 했으니까. 무엇보다 이 운동의 다섯 가지 이유 중의 하나가 나를 감동시켰다. 진정한 사랑은 미래의 배우자를 위한 것이라는 구절이 그것이었다. 감동적인 전율이 흘렀다. 나의 보더의 아름다움에 어울리는 진정한 사랑을 지키고 싶었다. 그 누구도 아닌 그를 가슴에 새기고 서약했다.

 그러니 그는 절대적으로 내 남자가 될 것이다. 그가 보드를 타다 죽는다 해도 나는 절대 다른 남자와 노는 일은 없을 것이다. 나는 아주 기뻤다. 그를 위해 깨끗하고 높은 영혼의 선물을 가진 기분이 들었다. 그 선물은 창으로 희디흰 파도를 볼 수 있는 예쁜 침대 위에서

풀어줄 것이다. 그런 뒤 우리는 모래를 적시며 조용히 멀어져가는 파도와 하늘과 바다를 빨갛게 물들이며 떨어지는 태양을 바라볼 것이다. 세상은 아주 성스러운 빛으로 어두워질 것이다.

"너 동백 갈 거니?"

내가 승희에게 물었다.

"왜, 싫니?"

승희가 물었다.

"응."

나는 솔직히 대답했다. 오늘은 혼자 거기에 가고 싶었다.

"하긴 나도 바빠. 그 올챙이들이 잘 있는지 봐야 하거든."

승희는 손을 흔들고는 환타로 가는 버스에 올랐다. 요즘 승희는 어떤 남자애한테 푹 빠져 있었다. 환타에서 삐끼를 하는 앤데 내가 보기엔 승희 뺨치는 날라리였다. 그 애가 할 줄 아는 단어라곤 화끈하다는 말과 절대 후회하지 않는다는 것이 전부였다. 그 애가 승희에게 물에 뱉어논 가래 같은 것을 얼마 전에 선물했다. 그런데 그 가래 같은 것에서 올챙이 두 마리가 나왔다. 그래서 승희는 그 애와 올챙이들에게 아주 빠져버렸다. 올챙이를 학교에 데리고 오기까지 했다. 까만 것이 어찌나 쪼끄맣고 앙증스러운지 우리는 쉬지 않고 쳐다봤다.

나는 혼자 동백광장으로 갔다. 나의 보더는 아직 없었다. 아이들도 많지 않았다. 제대로 타는 보더들이 없었다. 모두 초보들이었다. 한 계단도 제대로 뛰어내리지 못했다. 계속해서 빙빙 돌기만 했다. 보드를 차고 뛰어오르려고 노력했다. 그러나 모두 실패했다. 보드가 계속해서 뒤집어졌다. 그러나 계속 시도했다. 땀을 뻘뻘 흘렸다. 몇몇은 망연자실한 표정으로 물을 마셨다. 나는 지루한 기분으로 거기에 앉아 있었다. 커피를 한 잔 빼 마시고 푸른 하늘의 구름이 노을질 때까지 앉아 있었다.

나의 보더를 마음에 걸고 순결을 서약한 날 그를 볼 수 없다니 기분이 울적해졌다. 구겨진 커피잔을 쓰레기통으로 던지자 텅 빈 소리를 냈다. 나는 터덜거리며 버스도 타지 않고 걸어서 집으로 왔다. 그러나 더 나쁜 일은 집에서 기다리고 있었다. 대문 앞에 사람들이 와글거리고 있었다.

"둘째 딸 왔어요."

열린 대문을 둘러싸고 구경하던 사람들 중 누군가 내 뒤통수에 대고 말했다. 마당은 난장판으로 어질러져 있고 시끄러웠다. 빨리 들어내기 경주라도 하듯이 사람들이 물건들을 밖으로 꺼내며 들락거렸다. 교양 있게 차려입은 두 여자는 마당에 나온 피아노를 두고 서로 자기 것이라고 우겼다. 내 빚이 더 크다, 내가 먼저 들어냈다. 결국 멱살을 잡고 뒹굴었다. 그 사이 다른 사람들은 재빨리 물건들을 들어냈다. 전축과 텔레비전 같은 것들은 벌써 대문 밖에 나가 있었다. 내 컴퓨터도 밖에 나가 있었다. 춤추는 영국 자기 인형도 나오고 압력솥과 비둘기 벽시계도 나왔다. 학이는 물건들고 나오는 사람들을 따라다니고 있었다.

"안 돼요, 가져가지 마세요. 그건 우리 엄마……."

학이 한 여자를 따라가며 붙들었다. 여자는 어머니

의 핸드백과 모피코트를 들고 있었다. 학이 울면서 그 것들을 뺏으려 했다. 여자는 막둥이를 밀어버렸다. 학이 마당에 쓰러지면서 울음을 터뜨렸다. 여자는 이제 정신 나간 것처럼 소리를 질렀다. 손에 쥐고 있던 구슬 백과 코트도 마당에 패대기쳤다.

"이걸로는 어림도 없다. 어림도! 내 억장이 다 무너진다. 남의 생때같은 돈을 가져서는 응, 아이구! 아이구!"

여자는 퍼질러 앉아 주먹으로 자기 가슴을 때렸다.

"갚아주면 되잖아요, 갚아주면!"

갑자기 언니가 나타나서 소리쳤다.

"잘도 갚겠다. 네 아버지가 사기꾼인지 알고 하는 소리야?"

중국 항아리를 조심스레 나르던 남자가 거들었다.

"왜 남의 아버지 욕은 하고 그래요?"

언니가 가냘픈 목소리로 악을 썼다.

"이것들도 주둥이가 있다고 놀리네."

"이놈의 집은 불사질러도 내 성이 안 풀려."

사람들이 한마디씩 했다. 언니는 머리를 쥐어뜯으며

끔찍한 비명을 질렀다. 어머니는 목련나무 아래서 꼼짝도 하지 않았다. 다시 일어난 학이는 사람들을 따라다니며 가져가지 말라고 애원했다. 모두들 계속해서 물건들을 날랐다. 전자레인지와 냄비 같은 것들도 나왔다. 잘 차려입은 사람도 있었고 몸뻬 차림 여자도 보였다. 나는 감히 집 안으로 들어가지도 못했다. 동네 사람들 틈에 끼여 남의 일처럼 집 안 구경을 했다. 아버지 회사가 부도가 났다고 했다. 빚이 수십억이고 이제 집도 넘어갈 것이라고 했다. 그러나 어디에 숨겨논 돈이 있을 것이라고 장담했다. 동네 사람들 수군대는 소리가 붕붕거리며 내 머리를 울렸다.

"엄마. 아빤 도대체 어디에 간 거야!"

사람들이 물건들을 다 쓸어가버린 뒤 나는 마당으로 뛰어들어갔다. 어머니는 여전히 목련나무 아래서 꼼짝도 하지 않았다. 목련은 아직 꽃피지 않았다. 쑥색 봉오리에 흰 털이 보송거리며 나 있었다. 언니가 태어났을 때 심은 나무였다. 그러니까 이 목련은 언니와 나이가 같은 스물둘이었다.

"이걸 놓고 나가셨어."

언니가 종이쪽지를 내게 주었다.

'당신에게 할 말이 없구료. 모두 내가 못난 탓이오. 어디로 갈지 아직은 나도 모르겠소. 서로 용기가 될 만한 말을 했으면 좋으련만 지금으로서는 아무 할 말이 생각나지 않는구료. 단지 이것만은 말해두고 싶소. 일 년만 고생해보자는 거요. 올해만 견뎌보자는 거요. 당신이 아이들과 일 년만 견뎌주면 그 인내가 내게 큰 힘을 줄 거요. 돌아와서 새로 시작할 날을 약속하오. 아이들에게도 잘 설명해주시오. 여보. 아이들 잘 키워주길 바라오.'

아버지가 쓴 편지였다.

"그러니까 아버지가 집 나갔구나."

나는 황당해져서 말했다.

"이런 말도 안 되는 일이 어딨어!"

언니가 외쳤다. 어머니는 넋 나간 얼굴로 현관 바닥에 널브러진 아버지의 초록 목욕가운을 보았다. 오늘 아침 아버지는 그것을 입고 면도를 했다. 그때만 해도 솔잎 향기가 나던 옷이었다. 이제 그것은 찢어지고 더러워진 채 바닥에 팽개쳐져 있었다. 아침까지만 해도 아무 일 없었다. 아버지는 내게 컴퓨터에 너무 열중하지 말라고 말했다. 미소 짓는 얼굴로 나갔다. 그런데 아버지는 이미 이런 편지까지 준비해두었던 것이다. 갑자기 눈물이 쏟아졌다. 양복 입은 채 빈털터리가 되었을 아버지가 불쌍했다.

눈물이 나자 이상하게도 나의 보더가 보고 싶었다. 그의 발 아래서 나는 요란하고 경쾌한 바퀴 소리가 듣고 싶었다. 땀에 젖은 그 애의 머리카락, 체크무늬 남방, 구부러진 무릎, 날아오르는 어깨, 치솟으며 회전하는 보드, 한 마리 새가 되었다 씩씩한 말발굽 소리를 내면서 지상으로 뛰어내리는 박력 있는 보더. 처음엔 아버지 때문이었지만 나중엔 내 사랑 때문에 눈물이 흘렀다. 그 애를 생각하자 가슴이 세게 두근거리고 이상하게 덥고 불안했다.

지금까지 난 별로 남자친구 운이 없었다. 언니는 내

가 요새 애들이 좋아하는 스타일이 아니라고 했다. 늙은이들이나 귀여워할 얼굴이라는 것이었다. 그래서인지 아버지 회사에 다니는 주씨 아저씨가 나를 무척 예뻐했다. 홀아빈데 아버지 후배라고 했다. 그는 우리집에서 밥도 먹고 잠도 잤다. 나를 바둑이라고 불렀다. 처음에는 강아지 새끼를 부르는 것 같아 기분이 나빴다.

나중에는 모영아, 하고 내 이름을 부르면 아저씨가 나한테 화났나 보다고 생각하게 되었다. 집에 오면 바둑이부터 찾았다. 나중에는 '바둑이 2층에 있어' 하고 아저씨가 묻기도 전에 어머니가 먼저 대답했다. 아저씨는 걸어다니는 것을 좋아했다. 밥만 먹으면 '바둑아 나가자!' 하고 말했다.

우리는 이 도시의 모든 곳을 걸어다녔다. 저 집에 간판 바뀌었다. 횡단보도 새로 색칠했다. 저 산 위에 노란꽃 피었다. 아저씨는 길을 걷다 바뀐 것을 발견하면 멈춰서 구경했다. 한번씩 내 어깨에 손을 얹기도 했고 내 손을 잡고 걷기도 했다. 도시를 둘러싼 산 위에도 올라갔다. 높은 바위에서 뛰어내릴 때면 밑에서 나를 안아주기도 했다.

나에게 두 켤레의 신발을 선물했다. 하나는 등산화였고 다른 것은 오래 걷기에 좋은 운동화였다. 그것이 사랑인지 알 수 없었지만 나는 그렇게 생각하기로 했다. 누군가 날 예뻐해준다는 것은 기분 좋은 일이었으니까. 하지만 조금 서글픈 기분이 드는 것은 어쩔 수 없었다. 또래 남자애들이랑 재재거리며 가는 애들을 보면 괜히 질투와 심술이 났다.

그래서 2학년이 된 뒤 승희가 주선한 미팅에 나갔다. 내 파트너는 승희에게 더 관심 있어 보였다. 승희한테 계속 쓸데없는 질문을 퍼부었다. 승희가 담배를 꼬나물었을 때 얼른 불도 붙여주었다. 승희가 연기를 내뿜자 낄낄거리면서 좋아했다. 저질 같으니라구. 나는 화장실 가는 것처럼 일어나 카페를 나와버렸다.

어렴풋한 봄을 느낄 수 있는 날이었다. 햇살이 좋았지만 나는 처량했다. 공부나 할 것을 괜히 나왔다는 생각이 들었다. 책을 들지 않으면 즉시 서글픈 기분이 찾아왔다. 그 서글픔은 하도 감미로워 깨어나기가 힘들었다. 나는 대단한 비극의 여주인공처럼 걸어갔다. 리어카에서 싸구려 선글라스를 하나 샀다.

그것을 끼자 훨씬 기분이 좋아졌다. 세상은 조용하고 걱정 없어 보였다. 버스는 더러운 것을 내뿜지 않았고 택시는 우아하게 달려갔다. 백화점 빌딩은 커다란 스폰지 빵처럼 보였다. 나는 취한 듯 빌딩과 좁은 하늘을 보며 걸었다. 그때 무엇인가 빠르게 내 옆을 스쳐갔다. 바퀴 달린 물건을 발바닥에 깔고 미끄러져가는 보더였다. 그는 사람들을 부드럽게 헤치고 인도의 둔덕도 가볍게 뛰어넘었다. 인간의 몸이 그토록 자유롭게 굴러가는 것이 신기했다. 그는 갑자기 사라졌다.

그가 유연하게 흘러간 길을 뛰어서 갔다. 두 발로 걷는 것이 갑자기 구차하게 느껴졌다. 그는 동백빌딩 옆 사원들을 위한 광장 휴게실에 있었다. 거기에는 다른 애들도 많았다. 모두들 발밑에 보드를 하나씩 밟고 연습을 하고 있었다. 투닥투닥거리는 소리가 났다. 나의 보더는 광장 중앙에 설치된 커다란 화단을 빙글빙글 돌았다. 나는 선글라스를 벗었다. 햇빛 때문에 그의 머리카락은 하얗게 반짝였다. 무릎을 구부리고 두 팔을 늘어뜨린 채 앞으로 나아가는 폼이 독수리처럼 보였다. 잠깐 두 팔을 퍼덕이기만 하면 저 하늘을 날아오를 것 같았다.

이것이 그와의 첫 만남이었다. 나는 주말마다 그곳에 갔고 그는 항상 거기에 있었다. 그는 보드를 탔고 엄청나게 많은 물을 마셨다. 전철을 타고 그를 보러 가는 일요일 아침. 오늘 나는 초조하고 불행한 기분이 들었다. 처음에는 그 애를 발견한 것으로 충분히 행복했다. 그러나 주말마다 반복되는 이 바라보기는 나를 비참하게 만들었다. 나는 내가 맹추라고 생각했다. 더구나 집안 사정이 점점 더 나빠졌다. 이런 때에 남자애한테 얼이 빠져 있다는 것은 한심스럽게 느껴졌다. 그것도 혼자서 애가 달아 찾아가서 돌아오는 일이라니.

나는 풀이 죽고 지독한 불행에 빠져 손잡이에 매달려 있었다. 한 남자가 팔꿈치로 내 가슴을 자꾸 건드렸다. 모른 척 저쪽으로 돌려진 얼굴이 사십쯤은 되어 보였다. 나는 가방에 꽂아놓은 바늘을 빼 남자의 팔꿈치를 세게 몇 번 찔렀다. 정말 기분 잡치는 일요일의 시작이었다. 요새 남자들은 소매치기 아니면 변태나 살인자 또는 일자리 달라고 데모하는 치들뿐이었다. 그중에 최고 싫은 것이 모르는 척 남의 젖을 툭툭 건드리는 인간들이었다. 에잇, 화가 나서 나는 내려버렸다. 그리고 몇 정거장을 걸어서 동백에 왔다.

"우우우……."

초보를 갓 벗어난 애가 인디언 소리를 내면서 대리석 바닥을 회전했다. 그는 이제 넘어지지 않고 계속 달릴 수 있는 기쁨에 환호하고 있었다. 거기에 비하면 나의 보더는 어른이었다. 그는 아까부터 제비꽃 핀 널찍한 돌 화분 넘기를 시도하고 있었다. 잘 되지 않았다. 보드가 자꾸 제비꽃 위로 팽개쳐졌다. 그는 계속했다. 벌써 백 번도 넘게 그것을 하고 있었다.

그는 허리를 구부려 보드를 주워들었다. 다시 시작했다. 창공의 제왕이 아니라 우리에 갇힌 야생동물처럼 느껴졌다. 아무리 발버둥 쳐도 절대로 저 빌딩을 넘을 수는 없을 것이다. 천 번 만 번 뛰어넘기 연습을 해도 저 푸른 하늘을 날 수는 없을 것이다. 나는 연민 때문에 얼굴을 찡그렸다. 그는 땀을 흘리며 도로 쪽 난간에 앉았다. 가방에서 물병을 꺼내 목을 젖혀 물을 마셨다. 얼핏 그와 눈이 마주쳤다. 그는 불만이라는 듯 나를 쏘아보았다.

"킥플립 시범 좀 보여줘요."

한 애가 와서 그에게 부탁했다. 그는 천천히 일어나 보더를 바닥에 놓았다. 그리고 자기 발을 잘 보란 듯이 검지손가락을 까딱거렸다. 회전하던 다른 아이들도 그를 둘러쌌다. 그는 보드 위에 발을 얹었다. 짬푸! 그는 소리치며 솟아올랐다. 차기! 그는 보드를 차는가 싶더니 돌리기! 소리쳤다. 발밑에서 그의 보드가 돌아갔다. 붙이기, 중심 잡기, 무릎 굽히기, 착지! 그는 어느새 회전한 보드를 밟고 무릎을 굽혀 땅 위로 내려왔다. 한 번 더 해달라고 모두들 졸랐다.

결국 그는 열 번을 더 했다. 그리고 내 옆으로 와서 앉았다. 사실은 그가 시범을 보이는 동안 내가 그의 옆자리로 자리를 옮겼다. 이제 아이들은 쿠당탕거리며 뛰어오르기 연습을 했다. 짬푸! 짬푸! 아이들은 소리쳤다. 그러나 돌려보기도 전에 보드는 다른 데로 나가떨어져 있었다. 잘못 차서 허벅지를 감싸 안는 아이도 있었다. 보드들이 아무렇게나 미끄러져 튕겨나갔다. 그는 이를 드러내고 웃었다.

"그런데 공중에서 어떻게 보드가 다시 발에 붙었죠?"

내가 준비해둔 질문을 했다.

"내 발바닥에 진공청소기 붙여놨거든."

그가 킥 웃으며 대답했다. 나는 눈을 껌벅이다 미소지었다. 아무튼 이제 시작은 되었다는 생각이 들었던 것이다. 그는 물을 마셨다.

"그런데 봄축제에 갈 거예요?"

나는 재빨리 이어나갔다.

"무슨 봄축제…… 아, 그렇겠죠."

그는 고개를 끄덕였다.

"보드가 많이 낡았어요."

그는 의아하다는 듯이 빤히 날 보았다.

"한 오 년 됐으니까."

그는 좀 무관심한 투로 말했다.

"난 모영이라고 하는데."

내 소개를 하자 그는 우습다는 듯이 눈을 깜박였다.

"난 종태."

그는 어쩐지 건달같이 말했다. 그리고 더 이상 귀찮게 말 걸지 말라는 듯 허리를 빙빙 돌렸다. 나는 시무룩해져서 튕겨나가는 다른 보드들을 쳐다보았다. 한 애가 아까부터 두 계단을 한 번에 뛰어내리려고 연습했다. 보드가 자꾸 튕겨나가자 그 애는 주저앉아버렸다. 종태가 보드를 밀고 나갔다. 그는 중앙에 놓인 커다란 화분을 몇 바퀴 돌았다. 그리고 아까 연습하던 제비꽃 화분 앞으로 갔다.

새로이 대리석 화분 넘기가 시작되었다. 무릎을 굽히고 두 팔을 활짝 펼치며 뛰어올랐다. 그의 보드는 자꾸 화단에 심긴 제비꽃 위로 떨어졌다. 그는 묵묵히 팽개쳐진 보드를 집어 들어 바닥에 놓았다. 거기에 발을 얹고 굴러가 다시 튀어올랐다. 보드는 팽개쳐졌다. 그는 똑같은 짓을 투덜거리지도 않고 계속했다. 안타까운 건 나였다. 오십 번쯤 하자 그는 배낭 있는 곳으로 왔다. 가방에서 플라스틱 병을 꺼내 물을 마셨다. 그의 셔츠 등줄기가 땀에 젖어 축축했다.

종태는 드라이버 같은 것을 꺼내 보더 밑바닥을 조였다. 가쁘게 숨을 몰아쉴 때마다 어깨가 움씰거렸다. 굵직한 땀이 보드 위로 떨어졌다. 그는 고개를 흔들어 땀을 털어낸 뒤 다시 도전했다. 지루한 실패가 계속되었다. 그리고 한순간 성공했다. 발바닥에 진짜 진공청소기가 있는 것처럼 보드가 그의 발밑으로 딸려갔다. 그는 화분을 뛰어넘어 보드와 함께 바닥에 뛰어내렸다. 그는 굴러가면서 나를 돌아보았다. 눈을 찡긋거리며 미소 지었다.

그러나 곧이어 새로운 실패가 계속되었다. 보드가 제비꽃 위로 팽개쳐졌다. 힘이 빠진 그가 화분에 걸려 넘어지기도 했다. 그는 길게 누워버렸다. 나는 스포츠 음료를 사 왔다. 그는 벌컥거리며 그것을 마셨다. 그리고 오랫동안 쉬었다. 축축한 셔츠도 다 말라버렸을 때

다시 일어섰다. 또다시 지루한 실패가 계속되었다. 넘어질 때마다 내 얼굴이 심하게 찡그려졌다. 이제 아이들도 별로 없었다. 넘어가는 태양 때문에 동백빌딩 유리가 온통 오렌지색으로 바뀌었다. 사람들은 구둣발 소리를 내면서 뛰어갔다.

  나는 초조하게 그의 발밑에서 굴러가는 보드를 보았다. 그것은 조각이 설치된 중앙의 대형 화분 주위를 돌았다. 종태는 가볍게 굴러와 무릎을 굽혔다. 두 팔을 활짝 벌리며 튀어올랐다. 보드가 그의 발바닥과 함께 날아갔다. 잠시 동안 그는 하늘에 곤두박질쳐진 것처럼 공중에 서 있었다. 둥근 사선을 그으며 천천히 바닥으로 떨어져 말발굽 소리를 냈다. 그는 성공했다. 다시 한 번 더 했다. 잘 되었다. 나는 환호성을 지르며 박수를 쳤다. 그는 시원스러운 지그재그를 그으며 배낭 있는 곳으로 왔다.

  "이렇게 연습을 많이 하는 줄은 몰랐어."

  남은 스포츠 음료를 주면서 내가 말했다.

  "오늘은 운이 좋아."

새로운 땀으로 푹 젖은 종태는 만족스러운 미소를 지었다. 남방을 입고 배낭 속에 보드를 넣었다. 우리는 나란히 걸어갔다. 빌딩을 넘어서 걸어가면 바다가 있을 것 같은 느낌이 들었다. 아까 넘어간 태양 때문에 바다는 오렌지처럼 빨갛게 물들어 있을 것이다. 뭉쳐진 구름떼도 커다란 꽃처럼 붉은색으로 피어 있을 것이다. 그러나 그런 건 없다. 계속해서 더 높은 빌딩만 나왔다.

"넌 학교에 갈 때도 이걸 가지고 다녀?"

내가 그의 배낭에 꽂힌 보드를 가리키며 물었다.

"대체로. 이건 내 꿈이니까. 넌?"

"나, 뭐?"

"글쎄, 뭐 좋아하는 거라든가."

"모르겠어."

"흠. 비밀이로군."

종태가 클클거리며 웃었다. 그 웃음이 갑자기 내 가슴을 철렁하게 만들었다. 그와 나란히 걷고 있다는 것을 깨닫게 해주었던 것이다. 그토록 바라던 것이 어느새 시작된 것이었다. 갑자기 두근거렸다. 어떻게 걸어야 할지 알 수가 없었다. 자동차들은 소란스런 소리를 냈고 사람들은 거칠게 내 어깨를 쳤다. 그러나 조금 더 걸어가자 두근거림은 천천히 기쁨으로 바뀌었다.

내 발밑의 보도블록이 선명하게 반짝거렸다. 핸드폰에 대고 고함을 지르며 막 지나간 남자는 웃음을 터뜨렸다. 식당에는 사람들이 넘쳐났다. 흰 앞치마를 두른 여자들이 상냥한 미소로 재빠르게 움직이는 것이 보였다. 커피집에서는 달콤한 계피향이 흘러나왔다. 계피를 얹은 거품이 풍성한 비엔나 커피를 마시는 남자와 여자를 볼 수 있었다. 우리는 슬슬 걸어 지하도로 내려갔다.

"다음 주 토요일에 올 거지?"

전철이 왔을 때 종태가 물었다.

"아니."

나는 부러 새침하게 대답하고 전철 안으로 들어갔다. 그가 주먹으로 내 어깨를 쾅 쳤다. 그리고 타지 못하게 내 옷자락을 잡아당겼다. 우리는 문 앞에 서서 웃음을 터뜨렸다. 부저 소리가 들렸다. 나는 재빨리 전철 안으로 들어갔다. 종태는 바지 주머니에 손을 넣은 채 나를 보았다. 전철은 즉시 굴속으로 들어갔다. 캄캄한 유리문 위에 웃고 있는 내 얼굴이 떠올랐다.

종태 때문에 엉뚱한 집으로 갔다. 여관으로 가야 했는데 옛날 집으로 와버린 것이었다. 날렵하게 굽혀진 종태의 무릎과 축축히 젖은 등판을 생각하느라 이사했다는 것을 까맣게 잊어버렸다. 봉오리 졌던 언니의 목련이 고요하게 피어 있었다. 거실과 2층 언니 방에 불이 켜져 있었다. 현관문을 열면 언니가 짤막한 셔츠를 입고 깔깔거리고 있을 것만 같았다.

손잡이에 손을 대보았다. 싸늘한 것이 내 정신을 번쩍 나게 했다. 정신없이 돌아가다 미친 듯이 다시 뛰어왔다. 더 이상 우리집 대문을 열 수 없다는 것이 믿을 수가 없었다. 어째서 이런 일이 일어났는지 도무지 납득이 가지 않았다. 아버지를 소리쳐 불러 물어보고 싶었다.

목련 옆에 내가 났을 때 심은 석류나무도 보였다. 아직 무슨 나무인지 분간할 수 없이 그냥 어린잎만 삐죽이 나와 있었다. 아버지는 나무 심기에 관심이 많았다. 《정원》이라는 프랑스 잡지도 구독했다. 잔디 속에 민들레씨를 뿌렸다. 이 집 잔디는 노랗고 하얀 꽃이 피네요. 사람들이 초록 잔디 사이에 난 민들레를 보고 놀랐다. 언니는 선크림을 바르고 여름 내내 잔디 위에 엎드려 있었다. 라디오에서 마음에 드는 음악이 나오면 몸을 흔들었다. 아무 걱정 없는 시절이었다.

2층 언니 방 불이 꺼질 때까지 서 있었다. 다시 돌아보지 않기 위해 빠른 걸음으로 내려왔다. 이사는 어느 날 꼭두새벽에 이루어졌다. 빚쟁이들이 밤낮을 가리지 않고 찾아왔기 때문이었다. 어떤 사람은 거실에 이불 깔고 자면서 밥까지 해 먹었다. 전화도 매일 왔다. 아버지 있는 데를 대지 않으면 모두 죽여버리겠다고 했다. 딸들을 전부 강간시켜 찢어버리겠다고 했다. 주씨 아저씨가 여관으로 피신시켜주었다. 어머니는 이불과 밥솥을 보따리에 쌌고 우리는 각자 책가방만 들고 나왔다. 대문을 나서며 어머니는 자꾸 뒤돌아보았다.

주씨 아저씨는 학이에게 산 위에서 부는 바람을 부르게 했다. 막둥이는 목이 터져라 불렀다. 지금 집으로 가는 길 나도 신나는 노래를 불러보았다. 기분이 좀 나아졌지만 녹슨 여관 문을 보자 얼굴이 찌그러졌다. 더러운 냄새가 나는 마당을 지나 재빨리 방으로 갔다. 아무도 없었다. 무릎에다 턱을 괸 채 분홍색 벽지 꽃무늬의 끝을 따라갔다. 꽃무늬는 소용돌이쳤다. 나는 꽃무늬 속에서 길을 잃었다. 꽃잎 하나에 집중하여 다시 시작했다. 잔잔한 것이 자꾸 소용돌이쳐 계속 길을 잃었다. 어찌나 열심히 헤집고 다녔는지 나중에는 눈이 아파 눈물이 나왔다.

"누나."

막둥이가 귀신처럼 시커먼 얼굴로 슬그머니 들어왔다.

"도대체 어딜 돌아다니다 이제 와!"

나도 모르게 꽥 소리를 질렀다. 그 애는 자동적으로 푹 고개를 꺾었다. 윗도리는 찢어져 있고 얼굴은 더러워 보였다. 그 애는 벌써 지하도 앵벌이 같은 꼴을 하고 있었다. 나는 슬프고 신경질이 나서 아무 말도 하기 싫었다. 막둥이는 비칠거리며 무릎으로 걸어가 빈 밥솥 뚜껑을 열어보았다. 그리고 살그머니 닫았다.

밖에서는 시끄러운 소리가 났다. 실업자 문제 해결하라고 데모하고 오는 아저씨들이었다. 그들은 벌써 일주일째 함께 숙식하면서 아침이면 피켓을 들고 나갔다 저녁에는 술판을 벌였다. 모두들 대단히 유식했다. 술잔이 오가면 이 나라 경제와 정치에 대해서 밤새도록 토론을 벌였다. 저렇게 똑똑한 사람들이 많은데 모두들 왜 그 지경이 됐는지 알다가도 모를 일이었다. 바깥은 점점 더 소란스러워졌다. 막둥이는 구석에 박힌 채 꾸벅거리며 졸았다. 나도 앉은 채 졸았다. 심하게 흔들리는 배를 타고 앉은 기분이 들었다. 아저씨들이 뱃전에 앉아 술을 마셨다. 파도가 높게 쳤다. 술잔의 술이 쏟아지고 술주정 소리는 더 높아졌다. 꿈과 현실이 뒤죽박죽 섞여들어 붕붕댔다. 머리가 빙빙 돌면서 토할 것만 같았다.

"밥도 안 먹고 있으면 어떡해."

어머니가 들어왔다. 식용유 냄새가 확 났다. 어머니는 일주일 전부터 식당에 설거지를 하러 다녔다. 나는 쪼그려 앉은 채 멍하니 어머니를 보았다. 어머니는 겨우 움직이는 것처럼 보였다. 어젯밤에는 새도록 끙끙 앓았다. 언니는 소리 내지 않고 울었다. 그 눈물 때문에 내 머리카락이 축축히 젖어버렸다. 어머니는 밥솥에다 쌀을 안치며 잔소리를 했다. 옛날처럼 엄마가 밥 차려줄 수 없으니 알아서 해 먹어야 한다고 했다.

"이렇게 잘 먹는데 종일 굶겼어."

어머니는 불룩거리며 밥을 퍼넣는 막둥이 엉덩이를 톡톡 쳤다. 그러다 팔이 아픈지 인상을 찌푸렸다. 손목의 파스와 헝클어진 머리카락이 거칠고 가난한 여자처럼 보이게 했다. 막둥이가 숟가락을 놓고 어머니 팔을 주물렀다. 어머니는 조용히 미소 지었다. 그러자 옛날의 모습이 조금 되살아났다.

"우리집 목련꽃 피었는지 모르겠다."

어머니가 꿈결같이 말했다.

"우리집은 무슨."

내가 콧방귀를 뀌었다. 어머니는 아무것도 못 들은 척했다.

"세상에서 가장 좋은 그늘이 목련꽃 그늘이야. 작년 이때쯤 우리 식구들 전부 그 밑에 누워 있었잖아. 봄밤이었어. 흰 꽃잎이 얼굴 위로 떨어졌잖니……. 그런데 앤 왜 아직도 안 들어와?"

어머니의 얼굴이 불안하게 흔들렸다. 그러나 언니 걱정도 잠시뿐이었다. 하루 종일 설거지한 피로가 어머니를 쿡 쓰러뜨렸다. 약하게 코를 골았다. 막둥이는 계속해서 밥을 퍼먹었다. 밖에서 텔레비전 소리가 시끄럽게 들려왔다. 경제토론 프로였다. 요새는 모두들 돈 이야기뿐이었다. 돈! 돈! 어제는 두 팔을 벌린 채 소리치며 마당으로 뛰어나온 아저씨도 있었다. 모두들 돈 때문에 이곳에 왔다. 망해서 온 사람도 있었고 숨어들어온 사람도 있었다. 우리는 망한데다 숨어들어온 사람 축에 속했다.

어머니 코 고는 소리는 점점 커져가더니 당나귀 우

는 것처럼 괴상하고 요란해졌다. 어머니는 그 소리에 스스로 놀라 벌떡 일어났다가 다시 쓰러졌다. 언니는 아주 늦게 돌아왔다. 휴학을 하고 취직자리를 잡았다고 했다. 화장을 하지 않아 언니는 다른 여자처럼 보였다. 옷도 면바지에 스웨터 차림이었다. 꾸미지 않고는 절대 대문 밖에는 못 나간다고 생각하던 언니였다.

"편의점 일이야."

언니가 말했다.

"사실 나도 새로 직장 알아봐야 한단다. 나보고 손이 느리다고…… 더 싸게 일할 사람을 구했겠지. 요즘엔 줄을 서 있거든."

어머니가 실의에 잠겨 말했다.

"이제 내가 다 할 테니까 걱정 마. 빚도 다 갚을 거야."

언니가 자신만만하게 말했다.

"얼마 준다더냐?"

"삼십만 원."

"어림도 없다. 그 빚, 죽을 때까지……"

어머니가 갑자기 가슴을 쥐어뜯었다.

"나도 벌 거야. 분식집에……."

내가 나섰다.

"넌 공부나 해. 내년엔 고 3이야."

어머니가 날카롭게 내 말을 잘랐다.

"공부가 돼, 지금?"

내가 신경질을 냈다.

"아무튼 내가 전부 알아서 할 거야."

언니가 단호하게 말했다. 그리고 씻지도 않고 한쪽 구석에 쪼그려 누웠다. 하긴 아무도 씻지 않았다. 불을 끄자 바깥 소리가 더 잘 들렸다. 우리는 민방위훈련이라도 받는 것처럼 캄캄한 방에 누워 마감뉴스를 들었다. 환율이 어떻다는 소리를 긴박하게 알려왔다. 보험금 때문에 아들 손가락을 자른 아버지가 모든 것을 자백했다는 말도 했다. 빚 때문에 일가족이 동반자살하고 병든 어머니에게 농약을 먹였다는 소식도 나왔다. 술병 같은 것이 깨지는 소리가 들렸다. 누군가 거칠게 욕을 퍼부었다. 매일 밤 이런 식이었다. 똑같은 뉴스에 똑같은 술주정. 내일 아침에는 피자처럼 마당에 붙어

내가 가장 예뻤을 때

있는 구토물을 지나 학교에 가야 하는 것이다.

"여긴 교육상 좋지 않아."

어머니가 체념조로 중얼거렸다.

"지옥이 따로 없어."

내가 말했다.

"쟨 요새 왜 저리 삐딱해? 아버지가 일 년만 참으면 된다고 했잖아."

언니가 안간힘을 쓰듯이 말했다.

"아빠…… 아버진 어디 계셔요?"

학이 점잖은 투로 물었다. 도대체 누가 알겠는가? 우리가 이 지경이니 아버지는 더 끔찍한 데 있을 것이다. 깊은 산 속에 굴을 파놓고 숨어 있거나 배를 타고 먼 다른 나라로 도망쳤을 것이다. 아무튼 매일 밤 대형 피자 한 판씩 토해놓는 여기 있는 아저씨들하고는 다를 것이다. 아버지는 산 속에서 솔잎을 씹으며 새로운 계획에 몰두하고 있을 것이다. 그리고 멋쟁이 양복을 입고 와 우리를 구해줄 것이다. 미래에 대한 행복한 기대가 식욕을 일으켰다. 그러나 밥통이 텅 비어 있었다.

나는 거칠게 막둥이를 쏘아보았다.
"새끼, 혼자서 밥 한 통 다 퍼먹었어!"

보더들의 봄축제는 한 여자대학 앞길에서 열렸다. 날씨는 아주 좋았다. 하늘에는 구름 한 점 없었다. 포근한 바람이 불 때마다 여자대학에서 꽃향기가 실려왔다. 사람들도 많이 왔다. 흰 가운을 입은 의사도 있었고 외국인도 많았다. 승희는 올챙이를 선물한 여드름쟁이 철식이와 함께 왔다. 올챙이도 함께 왔다. 둘은 서로에게 푹 빠진 얼굴을 하고서 손을 잡고 마냥 웃어댔다.

미끄러지고 뛰어오르고 날아가고 땀 흘리고 물 마시는 우리들의 계절이 왔습니다. 누군가의 인사말이 끝나자 보드의 무리가 경사진 도로를 굴러갔다. 거대한 폭우처럼 무시무시한 소리를 내면서 굴러갔다. 모두들 있는 대로 소리를 지르면서 열광했다. 몇몇은 튀어올라 넘어졌다. 구급의사가 와서 긁힌 곳에 소독을 하고 반창고를 붙여주었다. 보더들이 사라지자 롤러스케이트와 인라인스케이트가 이어졌다. 그 뒤로 자전거도 따라갔다. 바퀴 달린 물건들은 다 나온 듯했다.

우리는 종태를 기다렸다가 여자대학 안으로 들어갔다. 철식이 도시락을 준비해왔기 때문이었다. 우리는 나무 아래를 걸어갔다. 여자 대학생들의 웃음소리가 꽃향기와 따뜻한 햇살을 흔들었다. 철식은 노천강당에 도시락을 펼쳤다. 튀긴 왕새우와 윤이 나는 밤조림이 들어 있었다. 콜라병이 따지고 달착지근한 샴페인도 뽕 소리를 내면서 터져올랐다.

"애들은 봄햇살을 좋아해."

승희가 데리고 온 올챙이를 들여다보며 말했다. 올챙이가 든 작은 어항이 귀뚜라미집 안에 있었다. 그것들은 양쪽에 뒷다리만 두 개 달고 있었다. 물고기 꼬리에 달린 뒷다리 때문에 어색하고 우스꽝스러웠다. 그것들은 꼬리를 파닥거리며 두 다리로 열심히 헤엄쳤다.

"애들을 제대로 키우려면 환경이 무엇보다 중요해. 예민하거든."

승희는 엄마처럼 몰두해서 올챙이를 보았다.

"재롱둥이라니까, 이놈들이."

철식이 손가락으로 올챙이를 푹푹 찔렀다. 종태가 낄낄대며 좋아했다. 철식이 샴페인을 한 방울 넣자 종태는 콜라를 떨어뜨렸다. 승희가 비명을 질렀다. 종태와 철식이 강당 무대를 향해 도망갔다. 승희는 씩씩거리며 따라갔다. 두 남자는 무대 지붕 위로 올라가버렸다. 승희도 올라가려 애를 썼다. 종태가 승희 손을 잡아끌었다. 그들은 경사진 시멘트 지붕을 아슬아슬하게 뛰어다녔다. 결국 승희는 철식이 허리를 짓누르며 마구 주먹질했다. 어디선가 지저귀는 새떼 소리가 들려왔다. 곧이어 구름 한 점 없는 하늘 위로 날아가는 새들을 볼 수 있었다.

"햇빛을 지나치게 보면 탈수 위험이 있어."

승희는 귀뚜라미집에다 손수건을 덮었다.

"그럼 죽어?"

철식이 물었다.

"그래, 이 멍청아!"

두 사람은 서둘러 햇빛이 없는 환타를 향해 갔다. 종

태와 나는 대학생처럼 나무 아래를 걸어갔다. 나뭇잎들은 흠집 하나 없었고 이제 연한 녹차 빛깔에서 막 벗어나고 있었다. 학생회관에 들어가서 커피도 한 잔씩 빼 마셨다. 공고판 앞에 서서 동아리 소식과 강의 시간표를 읽었다. 우리는 번갈아가며 한 과목씩 재빨리 읽었다. 발음이 틀릴 때마다 손등을 한 대씩 때렸다. 종태의 손등이 뻘게져서 밖으로 나왔다.

"아까 네가 타는 걸 못 봤어. 너무 빨랐어."

여자대학 교문을 나올 때 내가 말했다. 종태는 가방에서 보드를 꺼냈다. 그것을 밟고 처음엔 천천히 지그재그를 그리며 사람들 사이를 헤쳐 갔다. 그러더니 순식간에 날아가버렸다. 그는 보이지 않았다. 어쩌면 지구 밖으로 튀어 나가버린 것일까? 그러면 나도 사라져버릴 테다! 나는 뛰어갔다. 종태는 보드를 옆구리에 끼고 웃으며 걸어왔다. 나도 가르쳐달라고 했다. 그는 평지로 가야 한다고 말했다. 나는 고집을 피웠다.

"여기서 넘어지면 두 번 죽어. 처음엔 아파서 죽고 두 번째는 쪽팔려 죽고."

종태가 말도 안 된다는 듯 키득댔다. 나는 화를 냈다. 종태는 할 수 없이 보드를 내주었다. 나는 그가 시키는 대로 한 발을 얹었다. 어떻게 된 일인지 보드가 사정없이 굴러가기 시작했다. 종태가 뭐라고 소리쳤지만 들리지 않았다. 나는 곤두박질쳤다.

"괜찮냐?"

"멀쩡해."

사실은 어찌나 아픈지 눈앞이 하얘졌다. 누군가 팽개쳐진 종태의 보드를 가지고 왔다. 나는 얼굴이 뻘게져서 벌떡 일어났다. 재빨리 걸어갔지만 전철역 앞에서 주저앉아버렸다. 오른쪽 팔목이 트럭 바퀴에 눌린 것처럼 아팠다. 팔은 풍선처럼 부풀어 있었다.

"뼈가 부러진 것 같아."

내가 울상을 지었다.

"큰일 났다. 너희 집에 데려다 줄게."

종태가 나를 일으켜 세웠다. 나는 그를 뿌리쳤다. 집으로 간다고 해결될 문제가 아니었다. 여관에는 막둥이밖에 없을 것이다. 누가 있다 해도 대책이 없을 것은 뻔했다. 돈도 없는데 어떻게 병원에 가겠는가. 언니는 나를 죽이려 할 것이다. 이런 때에 팔이 부러지다니 그냥 죽는 수밖에 없는 것이다. 무엇보다 그 끔찍한 여관으로 종태를 데려가고 싶지 않았다. 우리는 오랫동안 아무 말도 하지 않았다. 멍하니 계단을 내려가는 발들을 바라보았다. 내 입에서는 저절로 신음소리가 나왔다. 이제 온몸이 마비되는 기분이 들었다.

"안 되겠다. 가자."

종태가 내 팔을 조심스레 잡아 일으켰다.

"어디를?"

"우리집에."

왼손으로 오른쪽 팔목이 흔들리지 않도록 잡고 그를 따라갔다. 그의 집은 아주 멀었다. 전철을 타고 다시 버스를 타야 했다. 버스에서 내려 좁은 골목길을 걸어갔다. 그는 합판으로 된 초라한 문 앞에 멈춰섰다. 벌써 캄캄한 밤이 되어 있었다. 그는 부끄러워하며 망설였다.

"같이 들어갈래?"

종태가 물었다. 나는 고개를 끄덕였다. 문을 열자 부엌이 나왔다. 늙은 여자가 시멘트로 된 부뚜막에 앉아 무를 썰고 있었다. 종태 어머니였다. 종태와 조금도 닮은 것이 없었다. 늙은데다 평생 햇빛이라고 본 적이 없는 것처럼 창백한 얼굴이었다. 어느새 열린 방문으로 두 꼬마가 나를 쳐다보고 있었다.

"허리 좀 펴요. 꼬부랑 할머니 다 됐어."

종태가 자기 어머니의 허리를 탁탁 쳤다. 아이쿠 아이쿠, 종태 어머니가 어렵게 허리를 폈다. 그리고 의문스럽다는 듯이 나를 보았다. 종태는 친구라고 나를 소개했다. 나는 엉거주춤 고개를 숙였다.

"돈 좀 주세요, 엄마."

종태가 말했다.

"얜 나만 보면 돈 달라는 소리밖에 안 해."

종태 어머니가 나를 보면서 말했다.

"빨리 좀 줘요."

"또 운동화 구멍 났냐?"

"아니라니까요."

"그럼 뭐에 쓸려고. 얜 한 달에 하나씩 운동화를 잡아먹어."

"삼촌, 고양이 좀 봐."

검은 고양이 하나가 아이가 흔드는 방울을 따라 뱅뱅 돌았다. 두 아이들은 미친 듯이 깔깔댔다. 방울 돌리기가 끝나자 고양이를 이불 위에 눕혀놓고 젖 빠는 시늉을 했다. 엄마 젖 줘 잉잉. 싫어 싫어. 아이, 맛있어. 쪽쪽, 니얌니얌. 두 아이는 고양이 배에 입을 대고 종알댔다.

"쟤들 아버지가 직장을 잃었는데 쟤들 엄마가 집 나갔다오. 돈 번다면서. 그래, 우리 큰아들은 쟤들 엄마 찾는다고 나가버렸어. 벌써 석 달째야."

종태 어머니가 계속 나를 보며 말했다. 나는 뭐라고 대꾸할 힘도 없었다. 얼굴에서 열이 났고 등으로 식은 땀이 흘렀다. 종태 집으로 오는 것이 아니었다. 나가려고 돌아서는 순간 발에 양은 대야가 걸려 요란한 소리를 냈다. 나는 주저앉았다. 갑자기 눈물이 나와서 울음을 터뜨렸다.

"얘가 아파서 그래요. 팔이 부러졌단 말이에요."

종태가 원망조로 말했다. 그리고 괴물 같은 내 팔목을 내보였다. 종태 어머니는 재빨리 바가지에 소금을 풀었다. 큼직하고 거친 손으로 내 팔을 마사지했지만 수그러들지 않았다. 결국 종태 어머니는 나를 병원으로 데리고 갔다. 두 꼬마도 따라나섰다. 우리는 택시를 타고 병원으로 갔다. 의사는 깁스를 해주었다. 부러진 것이 아니라 심하게 삐었다고 했다. 두 꼬마는 내 깁스가 부러운 듯 종태 어머니 옷자락을 붙잡고 칭얼거렸다. 종태는 전철역까지 나를 바래다주었다. 그의 어머니와 조카들도 뒤에서 따라왔다.

"소감이 어때?"

종태가 흰 이를 드러내고 웃었다. 나는 살짝 콧방귀를 뀌며 한숨 쉬었다. 그는 가방에서 펜을 꺼냈다. 그리고 흰 깁스에다 뭔가를 썼다. 쓴 것을 손으로 가린 채 비밀스런 미소를 지었다. 더운 바람과 함께 전철 달려오는 소리가 들렸다. 종태는 장미 마술을 하듯이 가린 손을 부드럽게 들어올렸다. 꽃송이 대신 '종태의 보드를 처음으로 탄 여자는 모영'이라는 글자가 나왔다.

"이 깁스 푸는 날 제대로 가르쳐줄게, 올챙아."

종태가 깁스를 톡톡 쳤다. 전철을 타자 종태의 조카들이 신이 나서 손을 흔들었다. 그의 어머니도 거친 손을 들어 흔들었다. 나는 아주 멀리라도 가는 기분이 들었다.

어제 승희가 내게 소원이 뭐냐고 물었다. 아침에 눈을 떠 문을 열었을 때 와르르 돈이 방 안으로 쏟아져 놀라 자빠졌으면 좋겠다고 내가 말했다. 그런데 오늘 아침 방문을 열었을 때 그 반대의 것이 왔다. 어떻게 알아냈는지 빚쟁이들이 왔다. 그들은 구둣발로 방 안으로 들어왔다. 지난번 집 안 물건을 들어내가던 사람들하고는 달랐다. 그때는 교양 있게 꾸민 여자도 있었고 점잖아 보이는 아저씨도 있었다. 그들은 모두 네 명의 남자들이었다.

선글라스를 끼고 검은 가죽옷에 가죽장갑 차림이었다. 투덜거리지도 않았고 말도 많이 하지 않았다. 다짜

고짜 어머니의 손목을 잡고 가볍게 등 뒤로 비틀었다. 아버지 있는 곳을 대라 했다. 어머니가 모른다고 하자 각서를 쓰라고 했다.

"열흘 안으로 빚 못 갚으면 저 딸 넘겨준다는 거지."

남자가 가죽장갑 낀 손가락으로 잠옷 바람인 언니를 가리켰다. 어머니는 벌벌 떨면서 안 된다고 했다. 구둣발이 어머니 배 위로 날아왔다. 어머니가 쓰러지자 종이와 볼펜이 코앞에 떨어졌다. 각서와 언니 주민등록증 번호를 쓰라고 했다. 어머니는 고개를 흔들었다. 반짝이는 구두가 어머니 뒤통수를 눌렀다. 다른 구둣발들은 어머니의 등과 옆구리로 쏟아졌다.

언니가 당장이라도 자기를 데리고 가라고 울부짖었다. 남자들은 언니를 보고 빙글거리며 웃었다. 그리고 기절해버린 어머니 등 위로 침을 찍 뱉었다. 흰 손수건으로 선글라스를 닦더니 천천히 방을 나가버렸다. 언니가 당장 학교로 가라고 막둥이와 내 등을 아프게 때렸다. 우리는 세수도 않고 밥도 못 먹은 채 여관을 나섰다. 막둥이는 학교와는 반대 방향으로 아무렇게나 걸어갔다.

"야, 똑바로 걸어가. 응?"

내가 소리쳤다. 막둥이는 제대로 된 방향으로 비칠거리며 걸어갔다. 나는 도무지 학교 갈 기분이 아니었다. 전철을 타고 동백광장으로 갔다. 직장인들이 커피를 빼 마시며 이야기하고 있었다. 해고도 되지 않고 돈을 벌 수 있는 그들이 부러웠다. 진짜 어른인 그들은 몹시 행복해 보였다. 나는 꼼짝도 하지 않았다. 뱃속에서 꼴꼴대는 소리가 났다. 보드 같은 걸 타는 아이도 없었다. 동백빌딩 옆 백화점에 가서 물건들을 구경했다. 다시 광장 휴게실로 나왔다. 저녁이 되었을 때 삼촌 집으로 갔다. 아무리 냉정한 삼촌이지만 조카가 놈들한테 잡혀가게 놔두지는 않으리라 생각했다.

"요즘은 나도 좋지 않단다. 어떻게 될지 몰라."

삼촌은 신경이 곤두서서 나를 바라보았다. 삼촌이 다니는 은행이 없어질지도 모른다는 거짓말 같은 소리를 했다. 그놈들을 전부 경찰에 고발하든지 무식하게 버티든지 하는 것이 대책이라고 말했다. 은행에 다니는 삼촌은 우리 집안에서 가장 이성적인 노랑이로 통했다. 누구에게도 돈을 빌려주거나 보증을 서주지 않았다. 망할 때는 혼자 망해야 한다는 것이 그의 주장이었다. 그 주장은 요즘 들어 강도가 더해졌다. 빚보증 때문에 망한 사람들이 줄줄이 방송에 나왔기 때문이었다.

숙모는 하루하루 돈을 받아 생활했다. 삼촌 월급이 얼마인지도 몰랐다. 어떤 적금을 붓고 있고 통장에는 얼마가 있는지도 몰랐다. 삼촌은 가정의 평화를 위해 그렇게 한다고 했다. 나는 멍하니 서 있었다. 나와 같은 나이 사촌은 식탁 앞에서 흥미롭게 내 깁스를 구경했다. 그 애는 공부를 못해서 스트레스를 많이 받았다. 지는 것을 싫어하는 삼촌은 자주 그 애와 나를 비교했다.

숙모가 밥 먹고 가라고 했지만 그냥 나왔다. 어디 가서 그만 죽어버렸으면 좋겠다는 생각을 하면서 전철역으로 갔다. 어느 쪽이든지 먼저 오는 전철을 타기로 했다. 집으로 가는 반대쪽 전철이 왔다. 나는 그것을 탔다. 그리고 승희가 자주 가는 동네에서 내렸다. 네온사인이 휘황찬란했다. 커다랗고 번쩍거리는 자동차들이

느릿느릿 휘어져 흔들리는 불빛 속을 굴러갔다. 삘릴리리리, 핸드폰이 은밀하고 바쁘게 여기저기서 울려퍼졌다. 아이들도 많았다. 모두들 깜짝 놀랍게 화장을 하고 예쁜 옷들을 입고 있었다.

"야, 이모영. 교복 입고 오면 어떡해."

승희가 먼저 나를 알아보았다. 바텐에 다리를 꼬고 앉아 담배를 피우고 있었다. 나를 데리고 주방 뒤 골방으로 갔다. 그리고 노랑색 셔츠와 청바지를 주었다. 셔츠는 몸에 너무 붙었고 청바지는 허벅지와 엉덩이가 찢어져 있었다. 승희는 킬킬대며 좋아했다. 깁스까지 하고 있어 노는 데 환장한 날라리처럼 보였다. 그러나 아까보다 훨씬 기분이 나아졌다. 승희는 맥주 한 잔을 따라주었다. 나는 그것을 찔끔거렸다. 시베리아 같은 아주 먼 데서 온 기분이 들었다. 아이들은 시끄럽게 떠들어댔다. 아이들 웃음소리에 뭉실뭉실 피어오르던 담배연기가 흔들렸다.

"너 애들 오래 못 봤지? 요새는 파리를 먹어. 혓바닥이 얼마나 긴지!"

승희가 바텐 맨 끝 벽에 붙여놓은 어항으로 나를 데리고 갔다. 네모난 어항 속에 개구리 꼴을 한 두 마리가 있었다. 네 다리에 머리도 제대로 개구리 형상을 갖추었다. 그러나 엉성하게 붙은 꼬리 때문에 개구리도 올챙이도 아닌 엉거주춤한 꼴이 웃기고 불쌍해 보였다. 어항 안은 예쁘게 꾸며져 있었다. 작은 웅덩이도 있고 돌멩이도 있었다. 돌멩이 옆으로 커다란 열대식물 잎도 몇 개가 놓여 있었다. 두 마리는 열대식물 커다란 잎사귀 밑에 웅크리고 앉아 꼼짝도 하지 않았다. 승희는 두 마리를 나오게 하려고 애를 썼다. 꿈쩍도 않자 승희가 개구리 하나를 끌어냈다. 그것은 바르르 떨면서 앞 두 다리로 승희 손가락을 꽉 껴안았다.

"곧 죽겠다."

내가 중얼댔다. 승희는 울상을 지었다.

"넌 뭘 몰라. 아까까지만 해도 얼마나 발랄했는데……. 어항도 최고로 만들어주고 있잖아. 넓은 잎으로 은신처도 만들어주었고 굴도 파줬어. 심심하면 갖고 놀라고 인형도 넣어줬지. 수영하다가 지치면 바위

위에서 일광욕하면 되고…… 모자랄 것이 없어……
그래…… 지금은 그냥 쉬고 싶지?"

승희는 소중하게 개구리를 어항 안으로 넣었다. 그리고 말없이 맥주를 홀짝였다. 철식이 여자애 둘과 함께 들어왔다. 커다란 선글라스에 멜빵바지를 입고 있었다. 핸드폰에다 뭐라고 중얼대기를 멈추지 않았다. 다른 손으로는 열심히 여드름을 뜯어냈다. 건달 두목 흉내내는 초등학교 애 같은 꼴이었다.

"파리 잡아 왔어?"

승희가 성급하게 물었다.

"내가 쟤들 애비냐?"

철식이 담배에 불을 붙이며 벌컥 화를 냈다.

"네가 사줬잖아. 잘 키우자고 했잖아!"

승희가 소리쳤다. 철식은 무섭게 인상을 찌푸린 채 어딘가에 전화를 걸었다. 잘 안 되는지 탁 소리를 내며 닫았다 다시 열었다 닫았다. 담배를 뻑뻑 피웠다. 승희는 야무지게 입을 다물고 철식을 쏘아보았다.

"갖다 버려. 에잇 재수 없어!"

철식은 휙 하니 밖으로 나가버렸다. 승희는 시름에 잠겼다. 주방 안으로 들어가더니 오징어와 대구포 땅콩 같은 것들을 가지고 왔다.

"사실 얘들 이거 먹지도 않아······."

땅콩을 어항 안에 뿌리며 승희가 말했다.

"불쌍해······."

내가 말했다. 승희는 입을 삐죽거렸다.

"나가자."

승희가 갑자기 멀쩡해진 얼굴로 일어섰다.

"어디?"

"나이트."

우리는 밖으로 나왔다. 길에는 아이들이 많았다. 레코드 가게에서는 중얼거리는 음악소리가 흘러나왔다. 승희는 화장품 가게 앞에서 막대사탕을 하나 샀다. 반짝거리는 노란 것을 내 입에 밀어 넣어주었다. 그것을 물고 걸어가자니 위로받는 기분이 들었다. 달콤한 것이 목구멍을 타고 내려가는 동안 모든 것이 낙천적으로 보였다. 불빛은 휘황찬란하고 아이들은 걱정 없는 얼굴로 활보하고 있었다.

"어이, 이게 누군가."

누군가 우리 뒤에서 말을 걸어왔다.

"누구신지."

승희가 발을 까딱거리며 말했다. 양복 입은 아저씨들이었다.

"가서 재밌게 놀지 않을래?"

눈 밑에 커다란 점이 있는 아저씨가 구걸하듯이 말했다.

"재밌게 놀자니 얼마 주실 건데?"

승희가 팔짱을 꼈다.

"원하는 대로."

눈 밑에 점을 가진 아저씨가 목주름을 잡으며 컬컬 웃었다.

"차는 어디 됐어요?"

승희는 약간 짜증스레 말했다. 아저씨들은 손을 쓱쓱 비비며 도로 쪽으로 갔다. 멋지게 번쩍이는 차가 있었다. 승희는 나이트 이름을 댔다. 아저씨들은 여왕마

마의 명을 받들듯 충실하고 부드럽게 차를 몰고 갔다. 나이트는 환타와는 격이 달랐다. 푹신한 소파에 앉으면 도시가 한눈에 보였다. 승희는 맥주를 잘 마셨다. 나도 마셨다. 술이니까 마시는 거였다.

아저씨들은 기분이 좋아서 자꾸 부어주었다. 승희는 우아하고 길쭉하게 퍼지는 조명 아래 유연하게 몸을 흔들었다. 널찍한 어항 속의 화려한 점이 찍힌 작은 열대어 같았다. 나도 춤을 추었다. 깁스 때문에 볼썽사납게 느껴졌다. 어쩐지 나는 어항 속에 꽉 들어찬 악어새끼 같은 기분이었다. 눈 밑에 큰 점이 있는 아저씨는 뚫어져라 애걸하는 눈초리로 나를 보았다. 나는 화장실로 가 변기에 입을 대고 맥주를 토해냈다. 자리에 앉자 다시 구토가 났다.

"어이, 취했어. 자리를 옮기자구."

한 번 더 토하고 왔을 때 점박이 아저씨가 일어났다. 탁자 위에는 아직 맥주와 먹을 것이 가득 남아 있었다. 점박이 아저씨가 돈을 냈다. 지갑 속에는 돈이 두껍게 꽂혀 있었다. 자리를 옮겼을 때 나는 화장실로 직행했다. 엄청나게 토해냈다. 점박이 아저씨의 두꺼운 돈지갑이 머릿속에서 빙빙 돌았다. 변기에 머리를 박고 소리내어 웃었다. 어찌나 토해냈던지 속이 찢어지게 아팠다. 창자가 끊어지게 아픈 것이 내 기분을 즐겁게 해주었다. 정해진 룸으로 가니 점박이 아저씨만 있었다.

"두 사람, 요 앞에 나갔어."

점박이 아저씨는 다정하게 웃었다. 나는 털버덕 소파에 앉았다. 비단으로 사방 벽을 바른 컨테이너 같은 방이었다. 반들거리는 탁자 위에는 어느새 양주병과 안주접시가 놓여 있었다. 점박이 아저씨가 내 잔에다 술을 따라주었다. 나는 고개를 저었다.

"이제 그만 가야겠어요."

나는 비틀거리며 일어났다.

"그래, 어쩌다 팔을 다쳤어. 토끼야, 응?"

아저씨가 깁스를 쓰다듬더니 성급하게 나를 안았다. 더운 입김이 내 얼굴과 목 위로 퍼졌다. 내 턱과 볼에 입을 맞추며 꼭 껴안았다. 어지럽고 당장 토할 것 같았다. 몸부림쳤다. 그는 좀 더 세게 나를 죄며 커다란 손으로 찢어진 청바지 속 흰 허벅지살을 만졌다. 내 귀에서 윙 소리가 나면서 천장이 빙글 돌아갔다. 그의 입에서 휘잉거리는 말 콧김 소리가 났다. 나는 무섭고 겁이 났다.

"이러지 마세요."

나는 억지로 삐어져 나왔다. 아저씨 눈 밑의 검은 점이 보랏빛으로 변해 있었다. 그는 시근덕거렸다. 그리고 애걸하듯이 나를 보았다.

"그 깁스 풀면 날 만나. 그땐 백만 원 줄게."

점박이 아저씨가 말했다.

"백만 원?"

내가 대꾸했다.

"그래, 이백만 원도 줄 수 있어."

"이백만 원?"

"집도 사주련다, 응? 요 요 귀여운 것아."

점박이 아저씨가 내 볼을 꼬집었다. 나는 비틀거리며 일어섰다. 그가 소중한 물건을 옮기듯 나를 자동차에 태웠다. 그리고 집 근처에 내려주었다. 식구들은 나란히 누워 잠들어 있었다. 어머니는 늦게 돌아왔다고 힘없이 잔소리를 했다. 나는 씻지도 않고 누웠다. 점박이 아저씨 가슴 속에 꽂힌 두꺼운 지갑이 고급 나이트 조명처럼 빙글빙글 돌아갔다. 나는 잠자다가 두 번 경기를 일으켰다. 어머니가 내 얼굴에 찬물을 들이부었다. 나는 주머니에 손을 넣은 채 푹 젖어 있었다. 내 손이 점박이 아저씨가 준 종이돈을 꽉 쥐고 있었다.

언니가 집을 나갔다. 제 발로 나간 것이 아니라 어머니가 나가라고 했다. 언니와 어머니는 며칠 밤을 궁리를 했다. 가 있을 만한 친척집을 물색해보기 위해서였다. 그러나 친한 친척들 몇은 우리집 때문에 망했다. 그래서 원수가 되었다. 삼촌 이야기도 나왔다. 내가 찾아갔다고 하자 어머니는 펄펄 뛰면서 화를 냈다. 자존심이 상한 것 같았다. 결국 돈이 있어야 한다는 결론이 나왔다. 그러나 어머니는 한 푼도 없었다. 매일 일자리를 구하러 다녔지만 허탕 쳤다. 밤에는 한숨만 쉬었다. 나는 며칠 동안 돈을 어떻게 할 것인가 궁리를 하다 어머니에게 주었다.

"이거 무슨 돈이야?"

어머니는 날카롭게 따졌다. 정신 나간 여자처럼 눈을 희번덕거렸다. 생각지 않았던 반응이라 나는 우물쭈물거렸다. 그러자 어머니의 주먹이 내 어깨와 등으로 쏟아졌다. 어디서 돈이 났는지 말하라면서 거친 신음소리를 냈다. 그러나 대답할 기회도 주지 않았.

"매일 밤 어디를 싸돌아다니다 늦게 돌아오는지 다 말해. 네 머리에서 나는 그 담배 냄새, 네 입에서 나는 그 술 냄새, 다 어디서 가지고 온 것인지나 말해. 이 돈! 아이구…… 내가 죄가 많아. 이런 때 딸 가진 내가 죄가 많아."

어머니는 가슴을 쥐어뜯으며 울었다. 언제나 배만 고픈 막둥이의 눈에서 눈물이 뚝뚝 떨어지기 시작했다. 고통에 조금도 면역되지 않는 그 새끼가 미웠다.

"컴퓨터 해서 번 거란 말이야!"

내가 신경질을 냈다.

"무슨 컴퓨터?"

어머니는 실오라기라도 잡으려는 듯 눈물이 그렁한

눈으로 나를 보았다.

"학교 선배가 나한테 아르바이트 엮어줬어. 동사무소 자료정리 해주는 일이었어. 이제 더 큰 일거리가 있을 거야. 시청에서도 서류 저장을 새로 한다고 했거든. 그 언니는 내가 계속해줬으면 했어."

태연히 말했지만 심하게 가슴이 뛰었다. 어머니는 반신반의했다. 2학년 때 나는 컴퓨터 대회에서 상을 탄 적이 있다. 상금도 있었다. 그것으로 어머니에게 핸드백을 선물하기도 했다. 결국 언니는 내가 준 돈으로 집을 나갔다.

"넌 공부만 열심히 해, 그저."

언니가 나에게 다짐했다. 자기가 돈 벌어 대학 보내주겠다고 했다. 예쁘게 차려입는 것밖에 모르던 언니였다. 나는 울지 않으려고 콧방귀를 뀌면서 하늘을 보았다. 옅은 흰 구름이 길게 흩어져 있었다. 언니는 이유도 없이 방문을 열어 밥통 같은 것들을 오래 보았다. 그리고 결론 내리듯 탁 문을 닫았다. 어머니와 나를 돌아보지도 않고 씩씩하게 걸어나갔다. 뒤도 돌아보지 않았다. 언니의 기다랗고 윤이 나는 머리채가 내 눈앞에서 뿌옇게 흐려지면서 멀어졌다.

언니가 집을 나간 뒤 매일 기분이 엉망이었다. 지난번 시험에서 20등으로 떨어졌다. 이런 등수는 처음이었지만 왜 괴로워해야 하는지 알 수가 없어서 절망하지도 않았다. 시험 등수 같은 건 이제 아무 의미도 없었다. 담임은 새로 자리 배정을 했다. 성적에 변동이 없는 승희와는 멀리 떨어지게 되었다. 그러나 매일 저녁 환타에서 승희를 만났다. 거기에는 없는 것이 없었다.

아이들도 많았고 맥주도 많았다. 담배연기도 뭉실뭉실 피어올랐다. 모두들 시끄럽게 떠들어댔다. 그러나 집안 이야기는 아무도 하지 않았다. 승희도 절대 자기 집 얘기를 입에 올리지 않았다. 모두들 아버지가 실업자거나 어머니가 집 나갔을 것이라고 나는 마음대로 생각했다. 승희는 그곳에서 인기가 좋았다. 많은 남자애들이 승희 앞에서 애교를 부렸다. 파리를 잡아와 사랑을 맹세하기도 했다. 그러나 승희는 오직 철식이만 좋아했다. 그러나 둘은 종종 싸움이 났다.

철식이 자주 싱싱하게 움직이는 파리를 잡아오지 않아서였다. 그러면 철식이는 지렁이를 구해왔다. 개구리는 지렁이도 좋아했다. 그러나 썩어가는 사과에 붙은 파리를 최고 좋아했다. 기다란 혓바닥으로 재빨리 낚아챈 뒤 눈을 끔벅거렸다. 그것들은 이제 의젓한 개구리가 되었다. 어디로 갔는지 올챙이 꼬리는 그냥 사라져버렸다. 그것들은 배를 불룩거리며 개굴개굴 울었다. 간혹 짐작하지 못했던 곳으로 풀쩍 뛰어올라 승희를 즐겁게 해주었다.

승희의 꿈은 이상 소설에 나오는 금홍이같이 사는 것이었다. 남자를 골방에 넣어놓고 다른 방에서 외간 남자를 만나 번 돈으로 골방 남자를 먹여 살리는 그것이 꼭 마음에 드는 풍경이라고 했다.

"그런 걸 꿈이라고 꿀 수 있나, 내 참."

한번씩 승희는 나를 기막히게 했다.

"꿈이란 자기 현실 능력에 맞게 꿔야 해. 허황된 이상을 가지면 불행해질 수 있어. 그러니까 난 귀여운 남자 하나가 필요해. 난 걔를 베짱이처럼 편안하고 행복하게 해줄 수 있어."

 그 귀여운 남자가 바로 철식이라고 했다.

 "걘 멍청하고 친절하지도 않아. 할 줄 아는 말이라곤, 화끈해요! 절대 후회하지 않아요! 한마디로 철딱서니가 없어. 키도 작고 여드름투성이지."

 내가 살짝 치를 떨었다. 승희는 철식의 빈티 나는 구부정한 어깨에 먼저 사랑을 느꼈다고 했다. 그리고 불안하게 벅벅 머리를 긁어대는 모습과 엉성한 말투 따위가 더욱 승희의 마음을 흔들었다고 했다. 철식이 상스러운 말을 하거나 부루퉁해할 때면 자기 엄마 흰머리 뽑아줄 때처럼 마음이 짠해지고 연민이 간다는 것이었다.

 "그러니까 너도 철식이 욕하지 마. 철식이 욕하는 애는 무조건 싫어."

 승희의 바위 같은 사랑이 나를 감동시켰다. 그러나 돌아서면 혼란스러워졌다. 철식이를 그렇게 사랑하면서 어떻게 다른 남자와 잘 수 있는지 알 수 없었다. 그것은 그냥 돈벌이일 뿐이라고 승희는 대답했다. 직업과 사랑은 구별될 필요가 있다는 것이었다. 그러면 네 직업이 창녀냐고 했더니 승희는 어깨를 으쓱했다. 창녀라는 단어에 너무 예민할 필요 없다는 식이었다. 110볼트와 220볼트가 동시에 있는 전자제품과 꼭 같다고 했다. 돈 벌 때는 110볼트로 철식이 만나면 자동적으로 220볼트로 스위치가 바뀐다는 것이었다.

"모든 게 습관이야."

처음엔 혼란스럽지만 나중엔 나름대로 가치관이 생길 것이라고 했다. 자기의 몸과 인생에 대해 명쾌한 결론을 가진 승희가 부러웠다. 나도 명확해지고 싶었다. 그러나 내 머릿속엔 벌레가 천 마리쯤 기어다니는 것 같았다. 알 수 없는 괴로움으로 버글버글 끓어올랐다. 이러다 미치는 건 아닐까 하는 생각도 들었다. 그러나 밤이 가고 날이 새는 건 계속되었다. 나는 가방을 챙겨 학교에 가고 수업을 들었다. 그리고 어느 날 교문 앞에 서 있는 종태를 보았다. 그가 나를 발견하고 걸어올 때는 가슴이 철렁해졌다.

"깁스 풀었구나."

그가 내 팔을 찌르며 웃었다. 나는 그를 외면했다.

"그런데 지난주에 왜 동백에 안 왔어?"

"집에 문제가 있었어."

내가 딱딱하게 대답했다. 그는 고개를 숙였다. 그리고 말없이 나를 따라왔다.

"지난주에 기다렸어. 나 계단 다섯 개 한 번에 뛰어내리기에 성공했거든."

그가 자랑스러운 미소를 지었다.

"계단 다섯 개?"

나는 우습다는 듯이 대꾸했다. 그는 묵묵히 걸었다.

"왜 그래, 넌 변한 것 같다."

그가 이마를 찡그렸다. 나는 대꾸하지 않았다. 빠르게 걸어갔다. 승희는 내 고민에 대해서도 명쾌하게 결론을 내려주었다. 어디 가서 값없이 내 순결을 잃기 전에 종태와 잠을 자라고 했다. 하나의 기분 좋은 추억이 될 것이라고 했다. 그리고 종태를 귀여운 남자로 데리고 살면 된다는 것이었다. 보드에 미친 애니까 돈도 못 벌 것이라고 했다. 다른 남자 만나 돈 벌면서 종태는 평생 보드만 타게 해주면 된다는 것이었다. 어떻게 승회 머릿속에 돈 버는 방법은 그거 하나밖에 없는지 모를 일이었다. 우리가 자기를 이렇게 농락하는 줄도 모르고 종태는 이맛살을 모으고 심각하게 내 옆얼굴을 보았다.

"왜 그래, 다른 놈 생겼어?"

종태의 목울대가 심하게 실룩거렸다. 나는 걷기만 했다.

"좀 멈춰봐!"

그가 내 팔을 잡았다.

"그래, 다른 남자 생겼어."

담담하게 내가 말했다.

"그 새끼 죽여버릴 테다."

종태가 내 팔을 꽉 쥐었다. 나는 의미 없이 콧방귀를 뀌고는 재빨리 걸어갔다. 그는 전철역까지 따라왔다.

"왜 자꾸 따라와."

내가 신경질을 냈다. 그는 원망하듯이 나를 보았다.

"이유가 뭐야?"

그가 물었다.

"진짜 알고 싶어?"

"그래, 진짜."

그는 깨끗한 시선으로 나를 보았다.

"너 같은 무능력한 애송이는 싫어."

나는 차갑게 말했다.

"뭐?"

그는 얼빠진 표정을 지었다. 전철이 왔다. 종태가 무슨 말인가를 내 등 뒤에서 중얼거렸다. 나는 전철에서 그와 눈이 마주치지 않게 돌아섰다. 전철은 캄캄한 어둠 속으로 들어갔다. 나는 무표정하게 유리문에 떠오른 내 얼굴을 보았다. 눈물을 흘리기에는 내가 너무 더럽다는 생각이 들었다. 이런 애는 좀 더 고문할 필요가 있어. 달콤한 눈물에 빠지려는 나를 모질게 끌어냈다. 그러나 집에 와 어머니를 봤을 때 이상한 분노가 솟아올랐다. 나는 어머니 앞에서 머리카락을 쥐어뜯으며 히스테리를 부렸다. 어머니가 대신 울었다.

토요일날 학교에 가지 않았다. 어머니와 함께 이삿짐을 옮겨야 했다. 하늘이 갈라져도 학교는 가야 한다고 생각하던 어머니였다. 내가 가지 않겠다고 고집하자 어머니는 묵묵히 받아들였다. 여관에 사는 과일장수 아저씨 리어카를 빌렸다. 비가 내려서 조금 걸어가자 이불이 다 젖었다. 내 책가방과 옷과 그릇들을 싼 보따리도 젖었다. 언니가 집을 나간 뒤 어머니는 이곳에서 가장 먼 반대쪽에 방을 하나 구했다. 그놈들이 또 들이닥칠까 봐 겁이 나서였다.

 어머니는 아직도 일자리를 구하지 못했지만 처음보다 훨씬 생활력이 강해졌다. 더 이상 울거나 한숨짓지 않았다. 앞장서 리어카를 끌고 가는 뒷모습이 거칠고 억척스러운 여자처럼 보였다. 돈 든다고 그 먼 길을 리어카로 끌고 갈 결심을 한 것도 어머니였다. 그러나 마음먹은 대로 안 되는지 자주 쉬었다. 머리카락은 헝클어졌고 입술은 창백했다. 로맨틱하고 낭만적인 것들을 좋아하던 어머니였다. 비를 맞으며 초라한 이삿짐이 든 리어카를 끌고 가는 모녀의 모습, 드라마에서라면 약간 낭만적으로 보일지도 모를 일이었다. 결국 그들은 고생 끝에 성공하여 불쌍한 사람을 도우는 착한 사람들이 되기 때문이다. 그렇다면 우리의 미래는?

아버지가 돌아오지 않고서는 도무지 그럴 일이 있을 것 같지가 않았다. 언니는 집을 나갔고 학이는 너무 어렸다. 나도 능력이 없었다. 어머니가 할 수 있는 일이라곤 길바닥에서 무얼 파는 것이나 식당에 나가는 길밖에 없었다. 그걸로 언제 돈을 벌어 남을 돕겠는가. 비가 좀 더 세게 내렸다. 어머니 머리카락을 타고 내린 빗물이 등을 축축이 적셨다. 나도 흠뻑 젖었다. 우산을 쓴 사람들이 우리를 힐끗거렸다. 리어카에 뭐가 들었나 기웃거리기도 했다. 이렇게 장대비가 오는 날 리어카로 이사하는 우리를 이해할 수 없다는 표정이었다. 옛날에 언니가 즐겨 흥얼대던 노래를 불렀다.

처음엔 그냥 걸었소 비도 오고 해서 오랜만에 빗속을 걸으니 옛생각이 나네. 울적해 노래도 불렀소 우우우우……. 사랑하는 사람을 만나러 가는 길인 것처럼 찬비가 로맨틱해졌다. 어머니를 위해 좀 더 크게 불렀다. 흠뻑 젖은 얼굴로 어머니가 나를 돌아보며 웃었다. 이번에는 그놈들이 귀신이라 해도 못 찾을 집이었다. 꼬불꼬불 돌고 올라가고 또다시 꼬불꼬불 돌았다. 이번에는 여관이 아니었다. 찌그러진 대문을 통과해 마루가 있는 안채를 왼쪽으로 한참 가면 화장실이 나왔다. 화장실에서 오른쪽으로 돌아가면 하나 있는 문이 새로운 우리집이었다. 꼭꼭 숨겨진 방이었다.

"뭐라도 먹고 나가야지."

휴대용 가스불을 켜면서 어머니가 말했다. 나는 그냥 나왔다. 오늘은 시청 서류정리 때문에 아는 언니 사무실에서 밤샘할 거라고 말하려고 했다. 그러나 갑자기 모든 것이 귀찮아서 휙 나와버렸다. 곧장 점박이 아저씨를 보기로 한 광장으로 갔다. 사람들이 축구장에 들어가려는 것처럼 길게 길게 줄을 서 있었다. 한 교회에서 사람들에게 먹을 것을 주고 있었다. 멀쩡하게 양복 입은 아저씨들도 보였고 정신 나간 것처럼 중얼대는 여자들도 있었다. 그러나 모두들 초라하고 배고픈 얼굴들이었다. 지하도에서 나온 사람들이 줄을 더 길게 만들었다.

  나는 아는 얼굴이라도 찾으려는 것처럼 유심히 그들을 살폈다. 혹시 아버지나 주씨 아저씨가 있을지도 모른다는 생각이 들어서였다. 사람들의 눈길이 내게로 쏠렸다. 개나리색 내 셔츠가 우중충한 그들 속에서 유난스레 눈에 띄었다. 나는 다른 쪽으로 눈길을 돌렸다. 지저분한 사람들이 아무렇게나 서서 비와 함께 밥을 퍼먹고 있었다. 나는 도로 끝으로 갔다. 누구라도 빨리 나를 다른 곳으로 옮겨줬으면, 나는 아랫입술을 꽉꽉 씹었다.

  번쩍거리는 차가 내 앞에 멈추었다. 스르르 유리문이 내려가면서 점박이 아저씨의 얼굴이 드러났다. 나는 재빨리 차에 올랐다. 도시를 벗어나자 커다란 나무들이 보였다. 깨끗한 초록색 풀과 푸른 하늘이 이어졌다. 더 이상 비도 내리지 않았다. 햇볕은 비에 젖은 나뭇잎을 반짝거리게 만들었다. 꽃들도 많이 보였다. 자동차는 깨끗한 도로를 꿈결처럼 굴러갔다. 그리고 갑자기 바다가 나타났다. 파란 바다 끝에 다시 파란 하늘이 이어졌다. 아주아주 맑은 하늘이었다.

 점박이 아저씨는 백조콘도로 나를 데리고 갔다. 하얀 커튼 아래 예쁜 레이스가 달린 침대가 놓여 있었다. 고운 햇살이 커튼을 지나 희디흰 침대 위에 부드럽게 흩어져 있었다. 아저씨는 맥주와 안주를 시켰다. 나는 한 잔 마셨다. 아저씨는 귀엽다면서 또 따라주었다. 나는 주는 대로 다 마셨다. 그리고 갑자기 침대 위로 넘어졌다. 아저씨가 나를 넘어뜨린 것이었다. 아저씨는 내 개나리색 셔츠를 벗겨내며 휘이잉 말 콧김 소리를 냈다. 여기저기 만질 때마다 요란한 소리를 내면서 씨근덕댔다. 저러다 숨이 막혀 죽지는 않을까 겁이 났다.

 얼마 동안 껄껄대더니 벌렁 넘어졌다. 그러더니 갑자기 코를 골았다. 커튼 너머로 아직 오후의 태양이 넘어가기 전이었다. 나는 옷을 입고 밖으로 나왔다. 바다와 하늘은 어찌나 파란지 그 경계선도 보이지 않았다. 작년 여름에 가족들이랑 바닷가에 왔었다. 아버지는 하늘에 닿을 듯 멀리까지 헤엄쳐 나갔다. 어머니는 아버지 발에 쥐가 날까 봐 두려워했다. 언니는 빨간 비키

니를 입었고 학이는 타이어 위에 찡그리고 누워 물 위를 떠다니며 콜라를 마셨다. 그 옛날 추억이 비디오처럼 저 바다 끝에서 돌아가고 또 돌아갔다. 나는 오랫동안 주저앉아 바다 끝을 보았다.

파도는 부드럽게 와서 모래를 적시고는 소리 없이 밀려갔다. 푸르기만 하던 하늘이 오렌지빛으로 물들기 시작했다. 태양이 바다를 향해 내려오고 있었다. 먼바다가 발그스레하게 반짝거렸다. 주위에는 아무도 없었다. 바다와 가까워지면서 태양은 점점 커졌고 바다는 더 붉어졌다. 나는 갑자기 아버지 울음소리가 생각났다. 그때 우리는 저녁을 너무 먹어 전부 거실에 드러누워 있었다. 학이 어머니 언니 나 이렇게 가지런히 누워 재잘대고 있었다. 화장실에 갔다 오던 아버지가 멍하니 우리를 내려다보더니 갑자기 꺽꺽거리며 울기 시작했던 것이다.

"너희 모두가 정말 불쌍해 보이는구나. 그냥 그래서 ……."

아버지가 이해하지 못할 소리를 했다. 어머니는 깔

깔 웃었다. 한번씩 아버지는 사업가가 아니라 시인처럼 예민해진다고 했다. 벌써 일 년도 넘은 이야기였다. 왜 갑자기 그 생각이 났는지 알 수가 없었다. 그때 우리집은 아무 걱정도 없었다. 어느새 태양이 바닷속으로 빠져버렸다. 붉은 여운만 바다와 하늘에 가득했다. 그것들이 천천히 흐려져 캄캄해질 때까지 거기 앉아 있었다.

돌아와 나는 텔레비전을 켰다. 아저씨는 아주 깊이 잠들어 있었다. 승희는 밤새도록 잠자지 않는 남자가 이런 상대로 제일 괴롭다고 말했다. 매일 비슷한 뉴스가 나왔다. 오늘도 사람들이 줄줄이 망하고 잘리고 감봉되었다. 그리고 한 비디오 가게 주인이 잔인한 수법으로 살해되었다. 요새는 툭하면 살인이나 자살이다. 보험금을 타려고 자신의 두 발을 절단한 남자의 얼굴도 보여주었다. 울화병을 극복하는 법에 대해서도 나왔다. 내일 날씨는 어딘가에 집중호우가 있을 것이라고 했다. 이것이 결혼 전까지 지키겠다는 내 순결서약이 깨어진 날의 뉴스들이었다.

그렇다고 동백에 가지 못할 이유는 없다고 결론을 내렸다. 종태를 모를 때도 토요일이면 그곳에 갔다. 오늘은 새로운 토요일이고 나는 그곳에 갈 수가 있는 것이다. 종태가 있어도 알은체하지 않으면 된다. 그러나 내 눈은 자동적으로 종태를 찾아 두리번거렸다. 그는 셔츠를 벗은 채였다. 목줄기와 등이 갈색으로 그을려 있었다. 방향을 비틀 때마다 허리에 가는 주름이 잡혔다. 어깻죽지는 날기에 실패한 병아리처럼 연약하게 움찔거렸다. 턱 끝으로는 굵은 땀이 떨어졌다. 그는 한자리에서 계속 더 높이 뛰기를 했다. 가끔 보드를 회전시키기도 했다. 가느다란 팔이 제멋대로 휘영청 흔들렸다.

뜨거운 태양이 그의 벗은 등 위에서 이글거렸다. 그의 발밑에서 투닥거리는 소리가 지루하게 계속되었다. 그는 엄청나게 집중했다. 나는 갑자기 견딜 수 없이 답답했다. 사방 높은 벽 속에 갇힌 기분이었다. 만 번을 연습해도 그가 뛰어넘을 수 있는 건 저 화분이 전부였다. 그는 허리를 구부리고 보드를 주웠다. 배낭으로 가

물통을 꺼내 물을 마셨다. 그는 물 한 통을 다 마셨다. 물병 뚜껑을 닫으며 종태가 나를 발견했다. 그는 무표정하게 나를 보았다. 빈 물병의 물을 한 모금 더 마신 뒤 흰 셔츠를 입었다. 그리고 보드 위에 한쪽 발을 얹고 천천히 내 앞으로 굴러왔다.

"오랜만이야."

종태가 빙긋 웃었다.

"음."

눈살을 찌푸리려던 내 근육이 그를 향해 미소 지어졌다. 종태가 먼저 말을 걸었기 때문에 화를 내려고 했는데 되지 않았다. 사실 그가 죽도록 보고 싶었다. 그는 내 웃는 모습에 안심하는 표정이 되었다.

"그때 집안 문제는 다 해결됐니?"

종태가 내 얼굴에 그늘을 만들며 물었다.

"그럭저럭."

"오늘은 네가 올 줄 알았어."

종태가 웃으며 내 옆에 앉았다.

"어째서?"

"내가 주문을 넣었거든. 나 저기 있는 계단 한 번에 다 넘을 수 있게 되었어. 매일 널 기다리면서 연습했어. '슬립 360' 오백 개 하면 모영이 온다…… 넌 오지 않았어. 천 개 하면 온다…… 그래도 넌 오지 않더라. 계단에 도전했지. 저 열 계단을 한 번에 다 넘을 때 모영이 온다…… 여기 온 사람 중에 아직 저 계단 모두 넘기에 성공한 애는 없었어……. 그러다 보니 실력이 늘었어. 지난주에 저 계단 넘기에 성공했어. 그리고 너는 오늘 나타났어!"

"넌 오직 보드 생각뿐이구나."

나는 약간 맥 빠진 소리로 말했다. 그는 이마 위 젖은 머리카락을 쓸어 올렸다. 이마는 두 볼보다 덜 그을려 하얗다. 그는 이마에 가는 주름살을 만들며 생각에 잠겼다. 나는 마음이 심란해지려고 했다.

"옛날에는 나는 것이 좋아서 탔어. 무릎이 깨지고 실컷 땀 흘리고 나면 그냥 기분이 좋았던 것이 다야. 큰 목표 같은 거 가지지 않았어. 이젠 생각이 달라졌어. 난 이걸로 성공할 거야. 프로가 될 거라구. 두 달 후에 대회가 있어. 거기서 성적이 좋으면 일본에도 갈 수 있고 미국대회에도 가게 돼. 스폰서도 생길 거야. 굉장하지 않니, 그런 거? 그러면 난 더 이상 애송이가 아닌 거야……. 난 최고가 될 거고 우린 외국 도시를 함께 여행할 수 있어. 굉장할 거야. 응?"

종태가 들떠서 말했다.

"콜라 빼 올게."

나는 벌떡 일어났다. 터벅거리며 걸어가 콜라를 빼 왔다. 코끝에 콜라를 대고 종태가 나를 보았다. 가스가 튀어올라 그의 속눈썹에 붙었다. 그는 콜라를 들어 내 종이잔에다 건배를 했다. 눈썹을 깜박거리자 콜라 방울이 사라졌다. 우리는 함께 콜라를 마셨다. 목구멍을 따끔거리게 만드는 콜라 때문에 우리는 살짝 코끝을 찡그렸다. 그리고 웃었다. 종태는 행복한 미소를 머금고 나를 뜯어보았다.

"자, 준비한 선물!"

종태가 보드를 밀고 나갔다. 그는 도로 쪽으로 사라졌다 다시 나타났다. 살짝 무릎을 굽혀 오더니 날개처럼 두 팔을 펼치며 솟아올랐다. 그는 보드와 함께 계단 위 공기 속을 날았다. 아이들이 환호성을 터뜨렸다. 발 밑을 잠시 벗어났던 보드가 발바닥에 붙자 종태는 바닥으로 내려앉았다. 그는 굴러가면서 엄지손가락을 꼽으며 돌아보았다.

"이제 네 차례야. 제대로 가르쳐줄게."

종태가 돌아와 나를 일으켰다. 나는 그가 시키는 대로 했다. 보드 위에 발을 얹자 축구공 위에라도 선 것처럼 비틀거렸다. 태양이 아까보다 훨씬 뜨거워졌다. 아이들은 투덕거리기를 멈추지 않았다. 나는 어떻게든 굴러가보려고 애를 썼다. 잘 되지 않았다. 종태가 흰 이를 드러내고 웃었다.

"너 깁스했던 팔은 괜찮아?"

그가 내 팔목을 잡고는 빤히 내려다보았다. 나는 약간 움츠렸다. 그는 내 팔목을 이리저리 비틀었다. 괜찮아졌군, 확실히. 그는 이제 두 손바닥 위에 내 팔목을 얹어놓고 쳐다보았다. 나는 종태의 두 손 위에 얹힌 가느다란 팔목을 내려다보았다. 튼튼해졌어, 확실히. 종태는 두 손으로 떠받친 내 팔목에 고귀한 향수 내음이라도 맡으려는 듯 코를 갖다 댔다. 갑자기 내 팔목이 확 뜨거워지는 기분이 들었다. 나는 거칠게 뿌리쳤다. 그리고 달려갔다. 멈추지 않고 전철역까지 달려가 막 도착한 전철을 타버렸다. 이상하게 끔찍한 고통이 가슴을 찌르고 갔다.

"요즘 애들이 아픈가 봐. 꼼짝도 하지 않아."

승희는 개구리 어항 앞에서 맥주를 홀짝이고 있었다.

"죽기 전에 갖다 버려. 시체를 치우긴 싫어."

철식이 그 옆에서 맥주를 마시고 있었다. 어항 속은 엉망으로 어질러져 있었다. 땅콩 부스러기와 유리 조각들이 흩어져 있고 실지렁들이 여기저기 오글거리고 있었다. 개구리들은 돌로 만들어진 굴속에 웅크리고 앉아 꼼짝도 하지 않았다. 다른 아이들 몇몇도 걱정스레 개구리 어항을 들여다보았다. 손가락으로 등줄기를 쓰다듬어도 반응이 없었다. 어깨를 움찔거린다든가 뒷발을 찬다든가 하지 않았다. 아이들은 입을 삐쭉거렸다.

"제대로 키우려고 했는데. 어항을 궁전처럼 꾸며주

려고 했어. 수영장, 테라스, 은신처, 일광욕실……. 그런데 뭐야. 넌 매일 지렁이밖에 가져오지 않아. 단 한 번이라도 살아 있는 파리를 잡아온 적 있어? 정말 무책임해. 애들이 잘못되면 전부 네 책임이야. 전부 ……."

승희가 철식이 코앞에서 맥주잔을 흔들었다. 맥주가 철식이 얼굴에 튀었다.

"미친년!"

철식이 벌떡 일어나더니 어항을 번쩍 들었다. 누가 말릴 새도 없이 바닥에 팽개쳐버렸다. 어항이 깨지고 지렁이와 모래가 흩어졌다. 승희는 비명을 질렀다. 바닥에 흩어진 개구리 둘이 힘없이 튀어올랐다. 철식이는 욕을 퍼붓고는 나가버렸다. 승희는 피처 맥주잔에 모래를 깔고 한 마리씩 넣었다. 청소를 한 뒤 우리는 멍하니 유리잔 속에 든 개구리를 보며 맥주를 마셨다. 둘 다 기분이 엉망이라서 한마디도 하지 않았다. 일하러 갈 기분도 나지 않았다. 그러나 이미 돈을 받은데다 새 옷도 얻었기 때문에 가야 했다. 화장을 하면서 승희는 거친 욕을 계속했다.

"오늘은 진짜 재수 없는 날이야."

승희는 립스틱을 새빨갛게 바르며 화장을 끝냈다. 우리는 속치마 같은 옷을 입고 높은 힐을 신고 삐딱거리며 걸어갔다. 승희 말대로 나는 무감각하게 110볼트로 스위치를 옮겼다. 그러나 낮의 일이 자꾸 떠올랐다. 부드럽게 내 팔목을 받쳐 든 종태의 손길, 팔목에 와 닿던 종태의 숨결, 고개를 수그린 종태의 그을린 목덜미, 땀에 젖은 머리카락……. 깁스를 푼 내 팔은 아무 자격도 없었다.

"칠번 룸이야."

주인 아저씨가 우리 치장을 쓰윽 훑어본 뒤 손가락을 까딱거렸다. 다른 아이들도 많았다. 모두들 속이 훤히 보이는 옷을 입고 진한 화장을 하고서 옆에 앉은 아이들이나 핸드폰과 재잘대고 있었다. 승희와 나는 다른 아이 두 명과 함께 정해진 룸으로 갔다. 아저씨들이 점잖게 넥타이를 하고서 맥주와 양주를 마시고 있었다. 내 허벅지에 손을 얹은 아저씨는 퍽 친절하게 나를 대했다. 나는 술을 따랐다. 이제 조금씩 프로가 되어가는지 떨리지도 않았다. 술이 넘치지도 않고 적당히 잘 부어졌다.

우리가 맥주와 양주를 쭈욱 들이켜자 아저씨들은 컬컬거리며 좋아했다. 술 마시는 사이를 이용해 우리 젖가슴을 만졌다. 승희가 신경질을 내며 아저씨 손목을 쳐냈다. 낮부터 마셔서 승희의 눈이 뻘겋게 충혈되어 있었다. 승희는 맥주를 턱 끝으로 줄줄 흘리며 마셨다. 맥주가 옷을 젖게 해 승희의 쪼끄만 젖꼭지가 솟아올랐다. 갑자기 스피커에서 음악이 나오면서 천장의 조명이 돌아갔다.

"예쁜이들 이제 모두 탁자에 올라가."

한 아저씨가 일렁거리는 무지개 조명을 받으며 말했다. 다른 아저씨가 긴 팔을 뻗어 탁자 위의 접시를 밀어내버렸다. 우리는 느릿느릿 올라갔다. 그리고 흐느적거리며 춤을 췄다. 맥주와 양주잔이 양손에 들려졌다. 우리는 번갈아 홀짝거렸다. 남은 술을 목덜미와 가슴에 부었다. 새롭게 채워진 잔이 양손에 쥐여졌다. 얼마 후 우리는 흠뻑 젖어 비틀거렸다.

 아저씨들이 지갑에서 수표를 꺼내 흔들자 우리는 몸을 틀며 젖은 속치마를 벗겨내기 시작했다. 한 아저씨의 혓바닥이 내 복숭아뼈로 흘러내리는 술을 핥았다. 우리는 머리채와 허리를 마구 흔들었다. 번쩍이며 플래시 같은 것이 터졌다. 우리는 태엽 감긴 것처럼 계속 팔다리를 흔들어댔다. 누군가 소리치며 탁자를 뒤집었다. 우리는 오렌지들처럼 와르르 쏟아졌다.

 모두들 경찰서로 붙잡혀갔다. 주인 아저씨도 쇠고랑을 찼다. 청소년 특별 보호기간이라고 했다. 카메라가 옷을 뒤집어쓴 우리 모습을 찍어갔다. 나는 손님 양복저고리를 뒤집어썼다. 우리는 유치장에 넣어져 보호되었다. 나는 그냥 기계적으로 움직였다. 승희가 말하길 그것은 내 피가 B형이기 때문이라고 했다. 정신적이건 육체적이건 자기를 귀찮게 하는 걸 가장 싫어하는 것이 B형. 골치 아픈 일이 생기면 그냥 잊어버리고 더 이상 생각하지를 않는다고 했다. 사실 내가 고민한다고 해서 해결될 일은 아무것도 없었다. 내 머리만 죽도록 아플 뿐이었다.

그러나 그것이 전부는 아니었다. 귀찮아서가 아니라 두렵고 무서워서였다. 그것은 찾을 수 없는 집에 핀 목련꽃을 그리워하는 것과 같았다. 아름답고 좋은 것 중에 더 이상 내 것인 것은 없었다. 그런 내 처지를 깨닫는 것이 두려웠다. 아직 열여덟 생일을 지나지 못했는데 아주 늙어버린 기분이 들었다. 나는 먹으라면 먹고 씻으라면 씻었다. 일어나라면 일어나고 나오라면 나갔다. 욕을 하면 그냥 들었고 불을 끄면 잠을 잤다. 태양이 있는 동안 내 머릿속은 텅 비어 있었다. 그러나 잠이 들면 모든 것이 찾아왔다. 내가 마음대로 할 수 없는 꿈속에서 모든 것이 계속되었다.

가장 먼저 종태가 날아왔다. 그는 펄렁한 바지만 입은 채 독수리 문양이 찍힌 보드를 발밑에 깔고 날아올랐다. 흰 뭉게구름 뒤로 사라졌다 다시 나타났다. 머리카락을 조용히 날리며 태양을 향해 날아갔다. 뜨거운 태양이 그를 해쳤다. 그는 촛농처럼 녹아서 떨어졌다.

동백광장 대리석 위에 흰 피를 흘리며 내동댕이쳐졌다. 막둥이도 오고 언니도 왔다. 언니는 긴 머리에 파란 입술을 하고서 미소 지었다. 아버지는 초록색 가운을 입고 목련꽃 양산을 빙글빙글 돌리는 어머니를 바라보았다. 밖으로 나가는 날이 왔을 때는 두려웠다.

그날 밤 내 복숭아뼈를 핥았던 아저씨의 양복 저고리를 입고 문을 나섰다. 찬바람이 불었고 어두워오고 있었다. 어머니는 한 달 전에 일자리를 구했다. 그래서 마중 나오지 못할 거라고 했다. 어머니는 단 한 번 면회 왔다. 계속 울기만 하다 돌아갔다. 보통 심장이 아니고는 이런 데서 딸을 기다리지는 못할 거라는 생각이 들었다. 나도 어머니가 보고 싶지도 않았다. 어두운 하늘을 보면서 그냥 고아의 기분이 이럴까 생각했다. 나는 터벅거리며 걸어갔다.

"이모영."

누군가 나무 뒤에 숨어서 내 이름을 불렀다. 종태였다. 그는 남방을 두 개나 껴입고 늘 들고 다니는 배낭을 메지 않은 채였다. 나무에 반쯤 몸을 가리고 꼼짝도 하지 않았다. 자기가 감옥에서 나오는 것처럼 선뜻 앞으로 나오지 않았다. 나는 그냥 내 갈 길로 걸어갔다. 그가 따라왔다.

"여긴 뭣하러 왔어."

나는 냉정하게 말했다.

"널 보려고."

그는 나를 보지도 않고 말했다.

"나 같은 걸 봐서 뭐하게."

나는 좀 더 빨리 걸어갔다.

"더럽다고 말해주려고."

그는 하늘을 쏘아보며 뇌까렸다.

"뭐?"

나는 멈춰서 종태를 보았다. 그는 입을 꽉 다물고 내 눈을 들여다보았다.

"더럽다! 더럽다!"

종태가 악을 썼다. 내 얼굴이 심하게 붉어졌다. 나는 주머니에서 손을 빼고 도로를 향해 달려가기 시작했다. 아스팔트가 나왔고 차들이 달려갔다. 나는 도로 한

가운데로 뛰어들었다. 차들이 빵빵 소리를 냈다. 나는 골목길을 달려 눈에 보이는 아파트 계단을 올라갔다. 옥상 끝까지 올라갔다. 종태가 씩씩거리며 뒤따라왔다. 그리고 난간을 향해 뛰어가는 내 손목을 잡았다. 그는 심하게 떨었다.

"우리 같이 죽자."

종태가 격해져서 말했다.

"내버려둬!"

나는 소리치며 울음을 터뜨렸다.

"내가 잘못했어."

종태가 내 두 손을 잡았다.

"하지만 괴로웠어. 너무 괴로웠어!"

종태가 몸부림쳤다. 나는 더 세게 울었다.

"이제 됐어. 그만 가."

나는 그를 밀었다.

"너를 보면 비참해져."

나는 고개를 숙였다. 그리고 시멘트 바닥으로 주저앉았다. 눈물을 닦았다. 빨간 십자가 외에는 아무것도 보이지 않았다. 아무 소리도 들리지 않았다. 종태가 옆에 앉았다. 우리는 오랫동안 꼼짝도 하지 않았다. 종태가 내 어깨에 머리를 얹었다. 나는 가만히 있었다. 잠시 후 고개를 들고 나를 보았다. 왼손으로 내 머리를 감싸더니 자기 어깨에 기대게 했다. 조용한 바람이 목덜미를 스쳐갔다.

"내 인생이 어떻게 흘러갈지 모르겠어."

나는 절망적으로 말했다.

"내가 다 할 수 있어. 중국집에 취직을 하든 삐끼가 되든……."

그의 목소리가 비현실적으로 들렸다.

"대회는 어땠니."

나는 갑자기 생각이 나서 물었다.

"2등 했어. 스폰서도 생겼어. 동경대회에 가게 될 거라고 했어."

그가 아무 희망도 없이 말했다.

"정말? 잘됐다!"

주먹으로 그의 어깨를 쳤다.

"진짜 좋아?"

종태는 자신 없는 투로 웃었다.

"하지만 이제 더 이상 보드 타지 않을 거야."

그가 시멘트 바닥을 차면서 말했다.

"왜?"

"돈을 벌 거야."

그는 자신만만한 표정을 지었다.

"난 네가 보드 탈 때가 가장 좋았어."

"그걸로는 아무것도 못 해. 집도 살 수 없고 밥도 먹을 수 없어."

그는 고개를 숙였다. 나는 일어나 난간 쪽으로 걸어갔다. 아파트들이 보였다. 나무들도 드문드문 소외받은 듯 서 있었다. 자동차와 사람들이 바닥에 딱 붙어 움직이는 것도 보였다. 나는 얼굴도 생각나지 않는 아저씨의 양복 저고리를 벗었다. 그것을 손끝에 걸어 바닥으로 떨어뜨렸다. 펄럭이며 밑으로 곤두박질쳤다.

"정말 훌훌 딴 데로 가버리고 싶다."

내가 말했다.

"우리 어디든 갈까?"

종태가 반색했다.

"어디?"

내가 진지하게 묻자 종태는 아무 대답도 못 했다. 우리는 또 대화가 끊겼다.

"동경엔 언제 갈 거야? 거기에 같이 가고 싶다. 어차피 난 학교도 다니지 않을 거니까 시간이 많아. 그리고 또 다른 데도 가고 싶어. 네가 우승하면 우리는 계속 여행할 수 있을 거야. 샌프란시스코, 이스탄불, 런던, 프랑스, 스페인, 아프리카……. 자동차를 타지 않아도 돼. 보드로 굴러갈 거야. 둔덕이 나오면 살짝 뛰어내리고 장애물이 나오면 가볍게 뛰어넘고 나무가 나오면 회전하고…… 굉장할 거야, 응? 낯선 나라에서 낯선 사람들과 낯선 거리를 돌아다니는 것……. 너 저 빌딩 넘을 수 있니, 보드로?"

내가 꿈결처럼 물었다.

"농담하니."

종태가 웃었다.

"그러면 저 나무는?"

종태는 고개를 저었다.

"그러면 동백광장에 있는 중앙 화단은?"

"그건…… 연습하면 돼."

"그럼 다음에 만날 때 그걸 보여줘."

내가 엄지손가락을 꼽아 보였다. 그는 내 손가락을 꽉 쥐고 흔들었다. 나는 약간 떨었다. 종태가 남방 하나를 벗어 입혀주었다. 종태 냄새가 났다. 나는 입을 달싹이다 말았다. 말하고 싶은 것이 있었지만 어떻게 해야 할지 알 수가 없었다. 그것이 정확히 무엇인지도 알 수 없었다. 종태가 옆에 있다는 것이 행복하고도 혼란스러웠다. 그리고 불안했다.

집으로 돌아오니 아버지가 와 있었다. 요를 깔고 누워 있었다. 허리를 못쓰게 되었다고 했다. 엎드려서 계속 코를 풀었다. 척추가 잘못되었는데 왜 코가 나오는지 알 수가 없었다. 놈들이 아버지를 찾아냈다고 했다. 아버지는 전국을 끌려다녔다. 그놈들은 아버지가 숨겨논 땅이 있다고 믿었다. 그러나 아버지는 그런 땅이 없었다. 진짜 빌털터리였다. 저녁이 되면 아버지 머리맡에 코 푼 휴지가 수북했다.

"너희들은 아버지를 잘못 만났어. 나는 세상을 잘못 만났고."

아버지는 나와 막둥이를 보면 똑같은 소리만 했다. 학이는 뭐가 잘못되었는지 그새 엄청나게 살이 쪄 있었다. 부푼 배가 힘드는지 계속 씩씩거렸다. 그 애는 매일 어디를 쏘다니는지 늦도록 집에 들어오지 않았다. 그러나 이렇게 비가 내리면 꼼짝없이 집에 박히게 되었다. 우리는 온전히 방 안에 있지도 않았다. 문 밖에 발을 내놓은 채 엉덩이만 방바닥에 걸치고 앉았다. 아버지가 방을 다 차지한데다 휴지에 묻은 코가 이상한 냄새를 풍겨서였다.

후두두두, 빗소리만 들렸다. 우리는 서로 아무 말도 하지 않았다. 꽈당하는 소리와 함께 번개도 쳤다. 그래도 우리는 계속 발을 내놓고 있었다. 흙바닥에서 튀어오른 빗물이 내 발목과 막둥이 다리를 적셨다. 아버지는 아무 말도 하지 않았다. 입을 꽉 다물고 우리 뒤통수를 지나 빗줄기만 뚫어져라 볼 뿐이었다. 큰딸은 집을 나가고 작은딸은 몸을 팔다 유치장엘 갔다 왔으니 괴로우시겠지. 하지만 무슨 말이든지 해야 될 것이 아닌가. 조금 더 참으면 아버지가 일어나 새로 시작하겠다든가, 술이라도 한 병 받아오라든가. 양미간을 무섭게 모으고 쏟아지는 비만 바라볼 뿐이었다. 에잇, 나는 화가 나려고 했다.

"엄마가 너무 늦어."

오직 어머니만 기다리는 막둥이가 발을 달랑거리며 말했다.

"정거장에 나가볼까?"

내가 말했다. 그때 어머니가 들어왔다. 우산도 없이 흠뻑 젖어서 왔다. 젖은 머리카락을 닦으며 어머니는 잔소리하고 싶은 걸 겨우 참았다. 힘이 없어서 못 하는 것 같았다. 밥도 챙겨 먹고 방도 청소하고 아버지도 돌봐드리고, 어머니 잔소리는 듣지 않아도 뻔했다. 어머니는 비닐가방에서 먹을 것들을 내놨다. 식당에서 남은 음식이라 했다. 아버지에게는 술도 몇 잔 돌아갔다.

막둥이는 불룩거리며 먹었다.

"식당 음식 먹어서 애 헛살 찐 것 좀 봐."

내가 막둥이 배를 쿡 찔렀다. 그 애는 간지럼을 타면서도 불룩불룩 먹었다. 먹는 것 외에는 아무것도 생각하지 않는 아이였다. 언제 밥 차려주나 생각하면서도 밥 달라는 소리는 절대 하지 않았다. 그러나 일단 밥을 주면 한 솥이고 두 솥이고 다 먹어치웠다.

"우리집에 가봤단다."

어머니가 귀신처럼 이상한 미소를 지으며 말했다.

"무슨 집?"

"그 노래가 나오지 않겠니."

어머니는 선운사에 가신 적이 있나요, 하는 노래를 불렀다. 옛날 어머니 18번 곡이었다. 학이를 낳았을 때 아버지는 동백을 심었다. 그 애를 낳기 위해 병원으로 가는데 이 노래가 라디오서 나왔다고 했다. 선운사에 가신 적이 있나요. 바람 불어 설운 날에 말예요. 동백꽃을 보신 적이 있나요. 눈물처럼 후두둑 지는 꽃을 말예요……. 그래서인지 막둥이는 떨어지는 동백꽃처럼 잘 울었다. 어머니는 꽃송이째 후두둑 떨어져 나무 밑에 흥건히 깔린 붉은 꽃송이들에 늘 감탄했다. 설거지를 하다가 이 노래를 들었다고 했다.

"석류나무에도 열매가 많이 맺혔더라. 그건 해마다 알차. 좀 있으면 나뭇가지가 늘어질 거야. 제대로 받쳐줘야 해. 아니면 부러져."

어머니는 흐릿한 미소를 지었다. 나는 아무 대꾸도 하지 않았다. 어머니에게는 아직도 우리집이었다. 잠시 바캉스를 떠난 사이에 누가 봐주고 있는 것처럼 생각했다. 아버지는 또 코를 풀었다. 어머니는 음식을 싸왔던 비닐봉지에 코 푼 휴지를 넣었다. 몇 잔 술에 아버지는 약간 기분이 나아졌다. 아까처럼 비관적인 표정을 짓지 않았다. 걱정 말라고 했다. 허리 수술을 해서 일어서기만 하면 모든 것이 좋아질 것이라고 했다. 그리고 내 손을 잡기도 했다. 나는 얼굴을 돌려버렸다. 아버지는 안타까운 표정을 지었다.

"비가 오니까 나무들이 다 싱싱하더라."

어머니가 말했다.

"무슨 나무?"

내가 물었다.

"우리집 나무들 말이다. 우리 식구나 마찬가지지."

어머니가 말했다. 우리집 나무들이 다 싱싱하면 우리도 다 괜찮은 것이었다.

학교 앞에서 승희를 만났다. 반성문을 쓰고 나오던 길이었다. 승희는 퇴학당했고 나는 무기정학이었다. 차라리 승희가 부러웠다. 반성문을 쓰도록 정해진 도서실과 교무실을 들락거릴 때마다 보통 괴로운 것이 아니었다. 반성문 내러 다니다 돌아버려 살인이라도 저지를 것만 같았다. 유일한 위안이 있다면 반성문을 후딱 쓴 뒤 서가에 꽂혀 있는 오래된 책을 뒤적이는 것이었다. 오늘도 책을 뒤적이다가 오래된 세계전후문제시집에 실려 있는 이바라기 노리코라는 일본 여류시인의 시를 읽게 되었다. 제목은 '내가 가장 예뻤을 때.' 그 시가 씌어졌던 전후 일본이 그랬듯이, 1997년 12월 이후 내 나라는 패전국이나 같았다. 나는 시를 베껴 쓰는 대신 그 페이지를 북 찢어서 윗도리 호주머니에 넣었다.

승희는 희한한 몰골이었다. 이상하게 부풀어 오른 가발을 커다란 모자처럼 쓰고 있었다. 머리카락을 들어올리자 넋빠진 눈동자가 보였다. 양쪽 손에는 비닐 가방을 하나씩 들고 있었다.

"너 나랑 어디 좀 갈래?"

비닐 봉지를 약간 흔들며 승희가 말했다.

"어디를?"

"멀리."

우리는 돌담길을 따라 내려왔다.

"철식이 그 자식 떠났어. 어떤 계집애랑. 그년······."

승희가 울지 않으려고 입을 실룩거렸다. 가발이 삐뚜루해졌다. 승희는 걸음을 멈췄다. 결국 바닥에 주저앉아 흑흑거리며 울었다. 나는 그 옆에 쪼그려 앉았다. 승희는 엄청나게 울었다. 눈이 퉁퉁 부어서 비틀거리며 일어났다.

"그래서 개구리를 풀어주기로 했어."

승희는 내게도 봉지 하나를 주었다. 맥주 피처 잔에 개구리 하나가 들어 있었다. 이제 그것은 겨울 나뭇가지처럼 거무죽죽한 색깔이었다. 죽은 것처럼 꼼짝도 하지 않았다. 우리는 택시를 타고 갔다. 산이 보이고 들판이 나왔을 때 내렸다. 우리는 밭 사이로 난 길을 걸어갔다.

"이런 곳은 안 돼. 더럽고 시끄러워."

승희가 중얼거렸다. 우리는 사방을 둘러보았다. 집들과 들판과 산이 보였다. 우리는 산을 향해 걸어갔다. 초록으로 덮인 그 언덕은 아주 멀리 있었다. 가까이 이르자 물이 보였다. 우리는 물을 따라 올라갔다. 입산금지 팻말을 지나 철조망을 넘기도 했다. 자동차 소리가 흐릿하게 들려왔다. 우리는 점점 더 높이 올라갔다. 더 이상 아무 소리도 나지 않았다. 우리는 완전한 고요와 초록 속에 들어와 있었다. 나뭇잎 사이로 푸른 하늘이 보였다. 승희는 개구리를 꺼내 손에 들었다. 내 손바닥 위의 개구리는 뒷발을 약간 꼼지락거렸다. 우리는 함께 물속으로 그것을 놓아주었다.

"가거라. 너희 둘은 절대 헤어지지 마. 겨울잠도 함께 꼭 붙어 자."

승희가 말했다. 개구리는 죽은 듯 물 위에 떠 있었다. 그러더니 기적처럼 뒷다리로 힘차게 헤엄을 쳤다. 둘 밖으로 나가 풀쩍 몇 번 뛰더니 우리 눈에서 사라졌다. 우리는 멍하니 작은 소리를 내며 흐르는 물을 보았다.

"어쩌면 이렇게도 깨끗할까."

승희가 말했다. 물은 정말 깨끗했다. 나뭇잎 사이로 쏟아진 햇빛 때문에 물속의 작은 돌이 팔랑대는 것처럼 보였다. 우리는 허리를 구부려 손가락을 잠깐 담갔다. 그리고 묵묵히 일어났다. 돌아서 아까 올라왔던 길을 내려갔다. 들판과 하늘이 나왔다. 택시를 타고 환타로 올 때까지 승희는 한마디도 하지 않았다. 점박이 아저씨가 바텐에 앉아 있었다.

"저 아저씨 너한테 완전 돌았나 봐."

승희가 빙긋 웃었다. 나를 만나기 위해 점박이 아저씨가 매일 이곳에 나타났다고 했다. 맥주를 한 박스나 마시고 가는 날도 많았다고 했다. 나를 보더니 두렵고도 행복한 듯 입술 끝을 비틀며 불쌍한 미소를 지었다. 나는 터벅거리며 그 옆으로 갔다. 아이들이 내게 맥주를 따라주고 담배도 입에 물려주었다. 점박이 아저씨가 아이들한테 꽤 선심을 쓴 것처럼 보였다.

"왜 이제야 왔니, 그동안 얼마나 그리웠는데, 응?"

점박이 아저씨가 성급하게 내 무릎을 만지작거렸다.

"집안일 때문에."

나는 턱을 괴고 무관심하게 말했다.

"너희 집 사정 내 다 알아봤다. 그동안 내가 너무 무심했어. 아버지 수술해야 된다면서? 내 잘 아는 사람한테 소개해주지. 그러니 아무 걱정 마, 응? 이렇게 예쁜 입술에서 자꾸 한숨이 나와서 되겠니? 조금만 기다려봐. 너를 위해서라면 뭐든지 해주지……. 그래 또 뭐가 부족하니?"

그가 애걸하듯이 나를 보았다.

"뭘 하고 싶어요, 그래?"

나는 두 손으로 얼굴을 가리고 말했다.

"여기서 나가자, 응?"

그가 내 손등을 만졌다.

"어디로?"

나는 손가락을 벌려 그를 보았다.

"네가 좋아하는 데로."

그가 말했다. 나는 다시 손가락을 오므려 눈을 가렸다.

"태화장으로 가. 가깝잖아."

누군가 말했다.

"거긴 너무 시끄러워. 차라리 수련장이 어때?"

다른 애가 거들었다.

"거긴 욕조가 너무 좁아. 유선도 안 나오고. 호수장이 최고야."

"그래, 자동차가 있잖아."

"난 사우나가 있는 영화모텔이 좋던데."

아이들이 저마다 한마디씩 조언했다. 결국 나는 가장 가까운 태화장으로 갔다. 역시 시끄러웠다. 방도 좁았고 텔레비전도 너무 작았다. 퀴퀴한 냄새도 났다. 나는 맥주를 시켜 마셨다. 아저씨는 내 손등과 맥주잔에

키스를 퍼부었다. 목덜미와 귓불에도 뜨거운 김을 뿜어냈다. 나는 기계적으로 몸을 비틀었다. 아저씨는 까다로운 사람이 아니었다. 오 분 후면 푹 꼬꾸라져 코를 골 것이기 때문에 조금만 참으면 됐다. 역시 아저씨는 발작을 일으킬 것처럼 요동을 치더니 벌렁 넘어져버렸다. 그리고 요란하게 코를 골기 시작했다. 나는 욕실로 가 몸을 씻었다. 돌아와 텔레비전을 켰다. 유선방송이 나오지 않았다. 한국말이 듣기 싫어 미국방송에 채널을 맞췄다. 맥주를 시켜 아침이 될 때까지 계속 마셨다. 취하다 깨다 하면서 날이 밝았다.

"어디든지 너에게 맞는 작은 집을 하나 구하자. 더 이상 이렇게는 안 되겠어."

아저씨가 구겨진 와이셔츠를 입으며 말했다. 나는 약간 킬킬거렸다.

"귀여운 주정뱅이."

아저씨가 내 볼을 꼬집었다. 나는 계속 킬킬거리며 여관 계단을 내려왔다. 실없이 웃음이 나왔다. 여관 문을 나서는데 종태가 딱 버티고 서 있었다. 나는 술이

번쩍 깼다. 그는 이상한 미소를 지은 채 나를 보았다. 배낭에 꽂힌 보드가 무협영화에 나오는 고수들의 장검처럼 어깨 위로 불쑥 올라와 있었다.

"여긴 어떻게 왔어."

내가 말했다. 종태는 바지 주머니에 손을 찌른 채 끔짝도 않았다.

"밤새 널 기다렸어."

종태는 푸득거리며 떨었다.

"얜 누구냐?"

점박이 아저씨가 끼어들었다.

"우리 작은아버지셔."

내가 종태에게 말했다. 종태는 딱 버티고 선 채 눈도 깜짝이지 않았다.

"이런 바지 입고 다니는 놈들은 죄다 문제아들이야."

아저씨가 살짝 말했다. 질투심 때문에 아저씨 눈 밑 점이 보랏빛으로 변했다.

"진짜 작은아버진 척 말아요."

내가 싸늘하게 말했다. 아저씨는 헛기침을 했다.

"그만 가자."

아저씨가 내 어깨를 돌려세웠다. 나는 몇 발짝 걸어갔다.

"이모영."

종태가 나를 불렀다. 나는 돌아섰다. 그는 성큼 다가오더니 주머니에서 손을 뺐다. 곧이어 날카로운 것이 내 배를 찌르는 것을 느낄 수 있었다. 그것은 강렬한 아픔을 주면서 내 뱃속을 꿰뚫었다. 나는 주저앉았다. 이 순간이 되기까지 안으로 참고 참으면서 튀쳐나올 구멍을 찾고 있었던 것처럼 붉게 화난 피가 뭉클뭉클 솟구쳤다. 종태, 나는 벌써 숨이 가빠져 그의 이름을 제대로 부를 수가 없었다. 샌프란시스코, 이스탄불, 런던, 파리, 스페인, 아프리카…… 낯선 거리…… 둔덕이 나오면 살짝 뛰어내리고 장애물은 가볍게 뛰어넘고 나무가 나오면 회전하려고 했어. 그래, 이런 거야. 이제 그 낯선 나라의 낯선 골목길을 굴러가는 거야. 부드럽고 능숙하게……. 나는 쪼그린 자세로 천천히 땅바닥에 누웠다.

칼이 꽂힌 자리를 중심으로 순식간에 번져나온 피가 내의를 질척하게 적시고 다시 윗도리를 적셨다. 나는 옷이 더럽혀지는 것보다 호주머니 속에 네모나게 접어 둔 시가 못쓰게 젖는 것이 분했다.

*

　　내가 가장 예뻤을 때
　　거리는 꽈르릉하고 무너지고
　　생각도 않던 곳에서
　　파란 하늘 같은 것이 보이곤 했다

　　내가 가장 예뻤을 때
　　주위의 사람들이 많이 죽었다
　　공장에서 바다에서 이름도 없는 섬에서
　　나는 멋 부릴 실마리를 잃어버리고 말았다

　　내가 가장 예뻤을 때

아무도 다정한 선물을 바쳐주지 않았다
남자들은 거수경례밖에 몰랐고
깨끗한 눈짓만을 남기고 모두 떠나가버렸다

내가 가장 예뻤을 때
나의 머리는 텅 비고
나의 마음은 무디었고
손발만이 밤색으로 빛났다

내가 가장 예뻤을 때
나의 나라는 전쟁에서 졌다
그런 엉터리없는 일이 있느냐고
 블라우스의 팔을 걷어 올리고 비굴한 거리를 쏘다
녔다

내가 가장 예뻤을 때
라디오에서는 재즈가 넘쳤다
담배연기를 처음 마셨을 때처럼 어질어질하면서

나는 이국의 달콤한 음악을 마구 즐겼다

내가 가장 예뻤을 때
나는 아주 불행했고
나는 아주 얼빠졌었고
나는 무척 쓸쓸했다

때문에 결심했다 될수록이면 오래 살기로
나이 들어서 굉장히 아름다운 그림을 그린
불란서의 루오 할아버지같이 그렇게

작품 해설

젊음을 향한 연가

백지연(문학평론가)

1

신이현은 우리에게 낯설지 않은 이름의 소설가다. 그는 첫 장편소설인 『숨어 있기 좋은 방』으로 많은 풍문을 만들며 문단에 자신의 존재를 알렸다. 그의 첫 소설에 등장한 자유분방한 성격의 여주인공은 독자에게 여러 모로 강렬한 인상을 주었다. 평범한 결혼제도에 적응하지 못하고 습기찬 방에서 젊은 남자와 순수한 육체적 유희에 열중하는 여성인물 '윤이금'은 기존의 소설에 등장하던 어떤 인물과도 닮지 않은 맹랑하면서

도발적인 매력을 풍겼다. 아마도 『숨어 있기 좋은 방』이 낳았던 화제와 풍문은 여주인공이 풍기는 기묘한 분위기에 힘입은 것일 터이다. 어떤 사람에게도 진정한 마음을 주지 않는 여성, 순수한 육체적 욕망의 발산을 사랑하는 여성, 실존적 고독과 허무를 생래적인 체취처럼 풍기고 다니는 여성, 이렇듯 신이현이 보여준 '윤이금'이라는 여성은 다른 여성 작가들의 소설에서 보기 힘든 대담하고 자유로운 분위기를 지니고 있다.

신이현이 그려낸 여성인물은 완고한 사회규범과 관습에 삐딱한 시선을 보내는 체질적인 아웃사이더이다. 이 여성이 일정한 희생과 절제를 요구하는 일반적 결혼규범에 적응할 수 없는 것은 당연하다. 그러나 이들이 감행하는 자유로운 성적 행각은 억압적 규범으로부터의 완전한 해방을 목표하기보다는 견고하고 완강한 제도적 질서로부터 벗어나려는 자기만족적이고 유희적인 소비 행위에 가깝다. 그런 점에서 신이현의 소설은 직접적인 페미니즘의 인식과 잇닿아 있다고 보기 힘들다. 작가의 시선은 여성이라는 카테고리에 묶여 있지 않고, 제도적 규범의 구속성을 예민하게 감지하는 일탈적 개인의 삶이라는 일반적 항목으로 나아가고자 한다. 전통적 여성에게 금기시된 성적 욕망을 대담하게 구현했다는 점에서 더할 나위 없이 파격적으로 보이는 '윤이금'은 일상에서 탈주하기를 꿈꾸는 현대적 개인의 유형으로 의미를 지니는 셈이다.

어쨌거나 결혼 질서를 위배하는 데 일말의 자책감이나 죄의식도 느끼지 않는 천진하고도 악마적인 귀여움을 가진 여주인공의 창조는 신이현 소설이 지닌 데카당한 매력을 한껏 부풀려주었다. 작가가 이후 발표한 두 번째 장편소설인 『갈매기 호텔』에서도 결혼을 앞두고 갑자기 낯선 고장인 프랑스 파리로 기약 없는 발길을 돌리는 여성이 주인공으로 등장한다. 인물들은 아무런 쓸모없는 잡담과 소비적 유희에 열중한다. 작가는 무료하고 시시한 일상의 흔적들을 자못 애정 어린 시선으로 따라간다. 『갈매기 호텔』이 보여주고자 했던 것은 젊음이 숨기고 있는 하염없는 권태와 피로, 허무주의에 다름 아니다.

지금까지 신이현이 발표한 작품들은 '젊은이'들에 대한 탐미적이고 애정적인 시선을 일관되게 표출해왔다. 작가는 '청춘'이라는 단어에 유난히 집요하게 매달린다. 그의 소설 밑바닥에는, 제도적 질서에 대한 배반과 경멸을 아무렇지 않게 행할 수 있는 '미숙한 나이'에 대한 그리움이 깔려 있다. 그리하여 그의 작품 속 인물들은 나이 먹는 것을 두려워한다. 물론 그들이 체감하는 청춘이 푸르른 희망의 세계만을 의미하는 것은 아니다. 구속을 거부하는 자유로운 고독과 권태는 그만큼의 모험과 위험부담을 가져온다. 그러나 정해진 궤도가 없다는 것, 무한세계를 향해 수많은 길이 열려 있다는 점에서 젊음은 의미 있는 것이다.

신이현 소설의 젊은이들은 '어른됨'을 거부하고 미완의 정체성을 고수하기를 바란다. "나는 아직도 서른이 되지 못했고 그것은 여전히 멀고 아득하게만 느껴진다"라는 고백으로 끝나는 『숨어 있기 좋은 방』이 좋은 예다. 기성 제도나 질서로부터의 끝없는 배반과 탈주를 꿈꾸는 영원한 방랑자로 남고자 하는 이들이 신이현 소설의 주인공들이다. 집시처럼 이곳저곳을 떠돌아다니는 삶을 뜨겁게 갈구하는 젊은이들의 전면적인 등장, 그것이 바로 신이현의 소설이 우리에게 전달하는 독특한 개성이다.

2

이번 작품인 『내가 가장 예뻤을 때』도 청춘성장소설의 외양을 취한다는 점에서 신이현의 이전 소설들과 비슷한 분위기를 풍긴다. 소설의 시간적 배경은 감수성 예민한 여고시절로 향한다. 주인공 '모영'은 공부를 잘하는 평범한 모범생이다. 어느 날 아버지의 사업이 실패하면서 불운이 닥치고 그의 갈등과 고민도 시작된다. 예쁜 꽃나무가 심어져 있던 '집'을 잃어버리고 빚쟁이들의 추적에 시달리면서 모영의 가족은 여관방으로 이사간다. 아무 근심 없이 행복한 생활을 보냈던 '모영'은 학교에서 문제아로 찍힌 '승희'와 가까워져

방황을 시작한다. 단란주점에서 돈을 받고 아저씨들과 술을 마시기도 하고 매춘 행위를 하는 무의미하고도 고통스러운 일상이 계속된다. 모영은 열여덟 생일을 지나지 못했는데 아주 늙어버린 기분을 느낀다.

"1997년 12월 이후 그 아이가 경험한 것은 패전국이나 같았다"라는 진술은 모영의 비극적인 여고시절을 대변하고 있다. 그는 "아름답고 좋은 것 중에 더 이상 내 것인 것은 없었다"라고 비관적으로 중얼거린다. 작가는 평범한 소녀가 환멸스러운 어른의 세계로 진입하는 도정을 그리면서 이상과 현실이라는 서로 상반되는 세계를 계속 비교해 보인다. '방'과 '광장', 갇힌 공간과 열린 공간, 어두움과 밝음, 절망과 희망이라는 극단적 대비는 주인공의 내적 심리의 이동을 보여주는 역할을 한다.

먼저 주목해 볼 것은 모영의 가족이 거처하는 어두운 '방'의 공간이다. 아버지가 많은 빚을 지자 가족들은 목련꽃이 화사하게 피었던 아름다운 정원을 떠나 누추한 여관방으로 거처를 옮긴다. 낭만적인 생활에 젖어 있던 어머니는 길거리에서 리어카를 끌고, 언니는 빚쟁이들의 협박에 못 이겨 집을 나간다. 남동생은 계속 살이 찌고 아버지는 허리를 못쓰게 되어 추한 모습으로 집에 돌아온다. 모영도 빠른 속도로 변해간다. 술집에 나가고 경찰서에 붙들려가고 정체 모를 아저씨와 또 다른 '방'에서 무의미한 섹스를 한다. 칙칙하고 검고 어두운 '방'의 세계는 밀폐된 타락의 공간이다.

가정의 몰락이라는 비극적 외부현실의 세계를 상징하는 어두운 '방'은 스케이트 보더들이 뛰노는 화려한 '광장'의 세계와 대비된다. 모영은 '광장'에서 날렵하게 스케이트 보드를 타는 '종태'에게 첫눈에 반한다. 모영은 현실세계의 원리가 지배하는 추하고 더러운 '꼭꼭 숨은 방'의 세계에서 벗어나, 스케이트 보더들이 화려한 비상의 몸짓을 보여주는 '광장'의 세계로 이동하기를 욕망한다. 스케이트 보드는 불합리하고 부정한 현실에서 훌쩍 뛰어올라 영 다른 현실로 그녀를 데려갈 수 있을 것만 같다.

그는 날개도 없이 날아오른다. 꽃씨처럼 가볍게. 그러나 바닥에 내릴 때면 힘센 말발굽 소리가 난다. 나는 그의 발 아래서 굴러가는 보드 바퀴 소리가 세상에서 최고 듣기 좋다. 그리고 나는 또 좋아한다. 플라스틱 물병이 든 그의 배낭과 물을 마실 때 젖혀진 목줄기를 타고 내리는 땀방울을. 그렇게 굵직하고 싱싱한 땀방울은 처음 보았다.

"미끄러지고 뛰어오르고 날아가고 땀 흘리고 물 마시는" 단순하고 쾌락적인 보더의 세계에 모영은 기꺼이 매혹당한다. "무릎을 구부리고 두 팔을 늘어뜨린 채 앞으로 나아가는 폼이 독수리처럼" 보이는 종태의 모습은 모영을 가슴 뛰게 하기에 충분하였다. 아이들이 몰려들어 스케이트 보드를 타는 '동백광장'은 싱싱한 육체를 지닌 이들이 자신의 매력을 아낌없이 발산할 수 있는 꿈의 장소다. 탄력 있고 날렵한 생기 넘치는 육체적 이미지는 타락한 현실을 잠시나마 망각게 하는 환상의 기제다. 이렇듯 신이현의 작품이 보여주는 이러한 육체적 매력에 대한 선망과 동경은, 전작인 『숨어 있기 좋은 방』에서 이금이 남자들과 나누는 유희적이고 쾌락적인 정사 장면으로 표출된 바 있다.

종태가 표상하는 순수한 육체적 감각의 세계는 모영이 실질적으로 현실에서 경험하는 도구화된 성욕망의 세계와 날카롭게 대비된다. 전자가 청춘의 감각적 표상이라면, 후자는 일상의 타락화된 검은 욕망의 세계를 상징한다. 그러나 결국 모영과 종태가 꿈꾸는 아름다운 육체는 현실 앞에서는 쓸모없이 무기력한 것이다. 스케이트 보더의 멋진 묘기는 비극적인 현실 앞에서는 가벼운 공기방울과도 같이 허무하게 사라진다. 소설의 서두에서 모영이 종태를 두고 마음속으로 했던 순결 서약식은 상품화된 성관계 속에서 힘없이 소멸된다. 종태는 환멸의 세계를 감당하기 거부하지만, 모영의 행로를 저지하지 못하고 결국 모영을 칼로 찌르고 마는 비극적 결말을 자초한다. 그것은 이들이 "아무리 발버둥쳐도 절대로 저 빌딩을 넘을 수는 없"는 운명의 개인들임을 서글프게 확인시킨다.

『내가 가장 예뻤을 때』가 보여주는 소녀적 환상의 붕괴는 참담한 비극의 형태를 띠지만, 그것을 묘사하는 신이현은 시종일관 건조하고도 명쾌한 서술 방식을 취한다. 그것은 등장인물이 삶을 대하는 방식과도 관련 깊다. 주인공은 자신의 삶을 함부로 열어 보이지 않을 뿐만 아니라 타인의 삶에도 쓸데없이 개입하지 않는다. 세계와 늘 일정한 거리를 두고 있는 것, 그리고 가능한 한 상처받지 말 것이 그의 생활원칙이다. 그리하여 소설 내의 인물들은 본질적으로 나르시시즘적인 자기 응시에 몰두하는 다분히 자폐적인 성격을 띠고 있다.

모영이 단란주점에 나가고 이름 모를 아저씨와 섹스를 나누는 행위는 가족적 환경의 몰락이라는 비극적 외부요인으로 설명된다. 그러나 다르게 생각해보면 이것은 성의 규범적 타락을 대수롭지 않게 여기는 주인공의 무심한 행위로도 해석될 수 있다. 결국 신이현의 소설이 묘파하는 것은 가정사의 비극을 짊어진 주인공의 내적 고뇌가 아니다. 그것은 어떠한 외부적 압박에도 얽매이지 않고 구속되지 않으려는 자유로운 삶에 대한 욕망에 초점이 맞추어져 있다. 인물들은 자신을 둘러싼 무서운 일상에 대해 시종일관 무관심하고 권태로운 포즈를 취한다. 그들은 본질적으로 삶의 일상적 규율에서 벗어나 있는 체질적인 아웃사이더인 것이다.

그러한 측면에서 신이현 소설이 다루는 '성장'의 테마는 험난한 모험과 투쟁을 거쳐 성숙한 개인으로 거듭나는 평범한 통과제의를 거부한다. 제도 속으로 안전하게 편입하는 통과제의는 작가의 관심사가 아니다. 작가는 오히려 '성장'을 비관적인 눈길로 응시한다. 그에게 '성장'이란 기성의 질서를 알아버리는 것, 그리고 현실에 안주하여 타락하는 것이다. 성장을 유기하며 미완의 청춘을 하릴없이 즐기는 것, 어디에도 정착할 수 없다는 데서 오는 쓸쓸함과 권태로움에 젖어드는 것, 그것이 바로 신이현 소설의 인물들이 보여주는 삶의 방식이다. 현실 이탈적인 삶을 사는 젊은이에 대한 매혹을 표방한다는 점에서 『내가 가장 예뻤을 때』의 모영은 『숨어 있기 좋은 방』의 '이금'일 수도 있고 『갈매기 호텔』의 '신정'일 수도 있다. 모영은 종태의 칼을 맞고 쓰러지면서 자신의 우울하고도 푸르른 청춘을 환기한다. "내가 가장 예뻤을 때/나는 아주 불행했고/나는 아주 얼빠졌었고/나는 무척 쓸쓸했다"라는 시의 한 구절은 어둡고 습기찬 청년기를 향한 작가의 슬픈 연가를 대변하는 것이다.

3

신이현의 소설 주인공들은 삶의 사회적 조건을 예민하게 감지하고 갈등하는 문제적 개인들로부터 벗어나 있다. 이들은 삶의 진지함을 견뎌내기에 너무 유약하다. 가벼움은 무거운 현실을 버텨내는 유일한 포즈이자 생활방식이다. 이러한 외형적인 가벼움의 세계는 이들의 내면에 이루지 못한 꿈과 욕망이 일렁거리고 있음을 눈치채지 못하게 한다. 그러나 타인을 대하는 데 다분히 건조하고 차갑게 보이는 신이현 소설의 주인공들은 내면적으로는 어딘가를 향해 끊임없이 달음

질치고 싶은 정열에 불타오르는 '낭만적' 인간들이다. 정착지를 잃어버린 이들은 운명적으로 '방랑' 하게끔 선택된 사람들이다. 작가는 제한된 일상의 공간을 뛰어넘어 새로운 모험을 희망한다. 그가 궁극적으로 포착하려는 것은 영원한 자유를 향해 달려가는 단독자의 실존적 고통에 다름 아니다. 소설 속의 인물들은 자유로운 스케이트 보더의 삶처럼, 어디에도 구속되지 않고 자유롭게 이곳저곳을 방랑하며 떠도는 생을 희망한다.

"샌프란시스코, 이스탄불, 런던, 파리, 스페인, 아프리카…… 낯선 거리…… 둔덕이 나오면 살짝 뛰어내리고 장애물은 가볍게 뛰어넘고 나무가 나오면 회전하려고 했어. 그래, 이런 거야. 이제 그 낯선 나라의 낯선 골목길을 굴러가는 거야. 부드럽고 능숙하게……." 모영이 쓰러지며 되뇌이던 마지막 대사는 의미심장하기 그지없다. 어쩌면 모영의 삶에서 안정적인 공간으로서의, 혹은 휴식처로서의 '가족'이나 '집'은 처음부터 없었던 것인지도 모른다. 많은 작가들이 붙잡고 있는 '가족의 서사'라든지 '여성 문제'의 구체적

이슈를 가볍게 비켜선 신이현의 소설은 훨씬 모호하고 불분명한 세계로 시선을 옮겨간다.

이렇듯 타인의 삶에 대해 무관심하고 자기만의 고독과 허무를 지향하는 우울한 개인에 대한 묘사는 신이현뿐만 아니라 최근의 젊은 작가들의 작품에서도 공통적으로 발견할 수 있는 경향이다. 소설에 등장하는 청년들은 매사에 심드렁하고 사회적 사건에 대해 무관심하다. 이들에게는 가족이나 연인 그 어떤 존재도 깊이 있게 다가오지 않는다. 진정으로 사랑하고 신뢰하는 대상이 있다면 그것은 자기 자신뿐이다. 하루하루가 지겹고 똑같기에 삶에 대한 별다른 희망이나 기쁨이 없다. 그래서 이들은 하릴없이 술을 마시며 춤을 추고 우연히 만난 대상과 더불어 하룻밤만의 분위기 있는 섹스를 한다. 지루한 환멸과 망각 속에서 이들은 자신의 정체성을 유기하고 분열한다.

퇴폐적인 우울과 떠돌이 의식을 어떠한 죄책감도 없이 천진하게 표출한다는 점에서 신이현의 소설은 독특한 향취를 지닌다. 유희적 성과 개인적 욕망에 탐닉하며 사회적 환경에 본질적인 관심을 두지 않은 그의 소설 주인공들은 허무주의적인 개인의 유형을 보여준다. 그러나 이것이 요즘의 소설들에서 거론되는 '미학적 인간형'과 곧바로 연결되는 것은 아니다. 그 점이 신이현 소설만의 독특함일지도 모른다. 귀족적으로 삶의 심미성을 추구하며, 일상생활을 미학적 기획으로 변형시키려는 현대적인 댄디스트들은 신이현 소설의 주인공이 아니다. 작가는 좀 더 본질적인 생의 낭만에 눈길을 주고 있다. 자신의 생에서 무엇인가 결여되어 있음을 자각하는 것, 생의 쳇바퀴에서 언제든지 뛰어내릴 준비가 되어 있는 것, 이러한 탈주 의식이야말로 신이현 소설을 규정하는 강력한 기원이다.

'집'의 서사가 아닌 외로운 '방'의 서사를 이야기하는 신이현의 소설은 우리에게 실존적 개인의 본질적인 외로움에 대해 호소한다. 그는 '집'을 기꺼이 떠났지만, 그가 선택한 '방' 역시 안락한 장소는 아니다. '방'은 편안한 휴식처가 아니라, 언제라도 가방을 싸서 떠날 수 있는 임시적인 대기장소다. 신이현의 소설이 품고 있는 '방'은 길 위에서 서성거리며 어디론가 달아나기를 꿈꾸는 낭만적 개인이 발견하는 일시적인 공간이다. 아무도 발견할 수 없는 '꼭꼭 숨겨진 방'에서 지금도 젊은이들은 사랑을 속삭이고 권태로움에 몸을 떤다. 그리고 어느 날 아무런 기약 없이 먼 길을 떠난다. 미지의 곳을 향한 동경과 정열을 동반하는 끊임없는 탈주의 행보야말로 신이현의 소설을 영원히 푸르르게 하는 근원적인 동력이다.